詩不絕望，詩人不絕望。天空的烏雲散盡後，
星星——被烏雲掩蓋的星星；
星星——也是一個一個政治受難者，
被關在監獄失去自由的人，
都將自由地閃爍它的光芒，都將獲得自由。

〈輯一〉沉默的星星

台灣詩散步

淚珠，淚珠，淚珠……

淚珠的

詹冰（一九二一—二〇〇四）

感情 的 露點，
球形 的 晶體就凝結。淚珠有
意志 的 表面張力。
真情 的 全反射。球體中
回憶 的 風景在旋轉。
悔恨 的 鹹味在對流。我醉於
用我 的 公式計算——
淚珠 的 引力大小。
淚珠 的 汽化熱。
淚珠 的 愛格數。啊，透過

淚珠的 凸透鏡，
看到的是——
正立的實像。
神明的實像。
微笑的實像。

◆

詹冰有一首詩〈墓誌銘〉，以四行語句呈顯：「他的遺產目錄裡／有花／有星／又有淚」。他過世時，我寫了一篇〈詩人的墓誌銘〉，請他家屬鐫刻這首詩在墓碑。

詹冰的人生，花、星和淚是他自己並置的重要事項。其中，花與星應該是他詩的探索和呈顯；而眼淚則是他探索的歷程遭遇的事況。

日治時代到日本明治藥專留學的詹冰，戰爭結束前從日本搭乘「慶運丸」返台，遇美軍潛水魚雷襲擊，時間是一九四四年十一月八日午夜，曾經嚴肅等待死亡

的他，存活了下來，記憶留在一首詩〈船載著墓地航行〉。

「被魚雷射中的船隻/在黑暗裡如罌粟花般燃燒著」，這樣的意象陪伴著詩人的他，從日本殖民統治跨入國民黨中國殖民統治。等待了十年，在語言轉換的困境逐漸克服後，他一九四〇年代開始的詩之路途才繼續走出來。

他的遺產目錄其實就是他的詩集目錄，有花，有星，又有淚。他的詩集《綠血球》，以「綠血球」和「紅血球」兩輯，大約把花與星和淚分別收錄在不同單元裡，巧妙地編配著。優美的抒情性在純淨的語言，像花一般開著，喻示著星辰與淚痕。

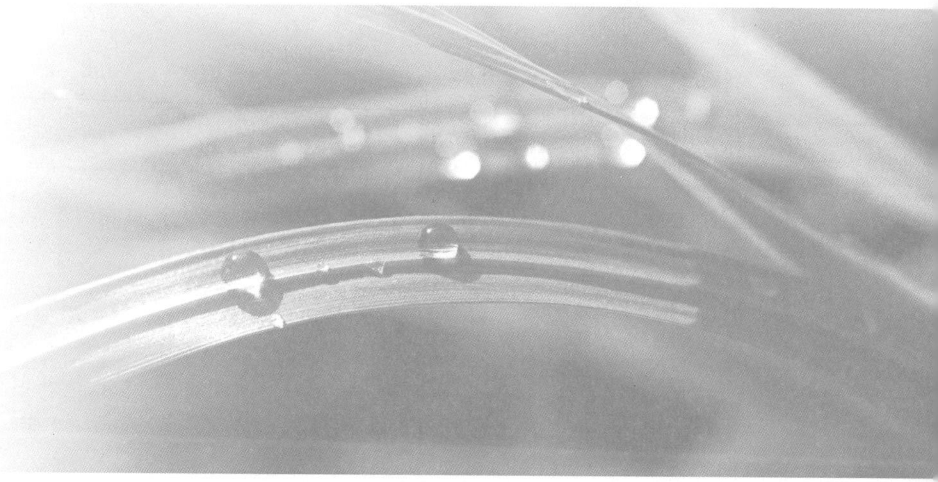

以中學的理化教師，展開二戰後，語言與國度轉換的人生，在苗栗卓蘭的小鎮裡，詹冰兼營一家西藥房，過著平靜的生活。他的詩沒有憤懣，沒有激烈的抵抗，只呈顯善美和人間愛。

被殖民的歷史、戰爭的歷史，困厄的轍痕彷彿隨著載墓地航行的船隻，沉沒了。他以另一種視野，呈顯人生的愛與悲歡。在戰後台灣的長期戒嚴體制裡，他清澈的詩的化學實驗讓人找不出反逆的罪證。

只是以淚珠的滴落，的的的……將感情、意志、眞情、回憶、悔恨，隱喻在化學變化裡，並從淚珠的凸透鏡看正立的神明的微笑。

這樣的人生隱含在台灣的歷史裡，鐫刻在歷史的墓碑。

我底死，我忘記帶回來

信鴿

陳千武（一九二二—）

埋設在南洋
我底死，我忘記帶回來
那裡有椰子樹繁茂的島嶼
蜿蜒的海濱，以及
海上，土人操櫓的獨木舟……
我瞞過土人的懷疑
穿過並列的椰子樹
深入蒼鬱的密林
終于把我底死隱藏在密林的一隅
於是

在第二次激烈的世界大戰中
我悠然地活著
雖然我任過重機槍手
從這個島嶼轉戰到那個島嶼
沐浴過敵機十五糎的散彈
擔當過敵軍射擊的目標
聽過強敵動態的聲勢
但我仍未曾死去
因我底死早先隱藏在密林一隅
一直到不義的軍閥投降
我回到了——祖國
我才想起
我底死，我忘記帶了回來
埋設在南洋島嶼的那唯一的我底死啊
我想總有一天，一定會像信鴿那樣
帶回一些南方的消息飛來——

◆

二戰結束後，台灣、日本與韓國的詩，都是從戰爭夢魘的廢墟走過來的。發動太平洋戰爭的日本，在戰敗的羞恥和破壞下，經由戰爭反省，吐露心聲。台灣與韓國，脫離日本殖民統治。但台灣在「祖國」的迷惘裡淪爲國民黨中國的類殖民地；韓國則在光復和獨立的形勢進行國家重建。

比起日本和韓國，台灣的戰後詩因爲政治（國家轉換）和文化（語言轉換）影響，而較遲發生。當日本和韓國的詩人刻劃二戰後的夢與現實時，台灣的詩人正在外來統治權力壓制的苦惱，以及戰前所使用的日文必須轉換成通行中文的瘖啞裡，相對沉默著。

陳千武原應和日本、韓國一九二〇年代出生的詩人一樣，戰後即登場，但因爲台灣的特殊歷史際遇，他的眞正發聲要等到一九六〇年代——這是二戰後台灣詩的台灣球根發芽與中國球根並立或共生的時際。一些台灣的詩人共同創辦了《笠詩刊》，標榜不戴（中國）皇冠戴（台灣）草笠。同年，小說家吳濁流創辦《台灣文藝》；彭明敏與他的兩位學生發表〈台灣人民自救宣言〉。

〈信鴿〉吐露了一位台灣特別志願兵經歷二戰的心聲。戰時，被日本殖民統治但不是日本人，以「特別志願兵」的名義被徵召。陳千武遠赴南洋參加戰爭，僥倖沒有死於戰場。這樣的戰爭經驗，讓陳千武做爲詩人的感情歷史潛藏著特殊的生與死體驗，不只詩裡，也在他的小說裡展現。

信鴿傳遞信息，詩人也是會傳遞信息的信鴿。詩人說他會像信鴿那樣，帶回一些南方的消息飛來。在南洋的二戰體驗，在密林中所體驗的生與死，那是與日本、韓國有著交錯命運的體驗。這樣的體驗在某一意義上被共同反芻，成爲探討三個國家戰後詩的某種焦點。

不義的軍閥是殖民者的日本，也是太平洋戰爭發動國的日本。祖國是台灣。一個倖而沒有死於南洋戰場的台灣詩人，以詩的信使角色，在人生歷程不斷探究夢與現實裡的愛恨悲歡，交織成新東亞的心靈地圖。

扎根在泥土才是眞的存在

樹的哀樂

陳秀喜（一九二一—一九九一）

土地被陽光漂白
成為一面鏡子
樹樂於看　八等身的自己
樹也悲哀過　逐漸矮小的自己
樹的心情　一熱一冷
任光與影擺布

陽光被雲翳
樹影跟鏡子消失
樹孤獨時才察覺

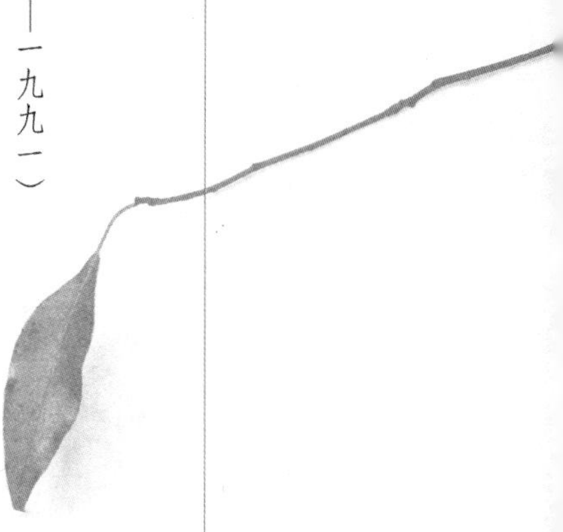

扎根在泥土是真的存在

認識了自己
樹的心才安下來
再也不管那些
光與影的把戲
扎根在泥土的才是自己

◆

陳秀喜在戰前的文藝少女時期，寫了短歌、俳句等日文詩歌。雖然是養女，但深受養父疼惜，畢業於新竹女子公學校。戰前曾偕夫婿旅居中國上海、杭州經商。戰後隨就職銀行界的夫婿回到台灣。因銀行職務調動，居住過彰化、基隆、台北等地，晚年居住在關仔嶺。

從短歌、俳句，陳秀喜在一九六〇年代加入《笠》，與許多從日本語跨越通行

中文的台灣詩人們共同撐起「寧愛台灣草笠，不戴中國皇冠」的本土詩文學團體。從一九七一年到一九九一年她辭世爲止，擔任《笠》的社長。

兼具台灣女性與日本女性的勤勉、親切特質，陳秀喜在轉換語文的詩文學之路摸索，也相當照顧文學界的筆耕者。她的第一本通行中文詩集《覆葉》中，有〈覆葉〉寫保護嫩葉的母性愛，也有〈覆葉〉寫子女的成長，以一個母親講給兒女的故事爲副題，敘述覆葉和嫩葉之間的愛與關懷。

泥土、樹木、葉子之間的立足點和連帶感，在陳秀喜的詩裡常常出現。就像許多台灣本土詩人，常以詩的隱喻引述土地

的關連，對應著戰後政治長期顯示著殖民體制外來壓迫性。她的詩常常透露著女性，特別是母性意識，以極爲委婉的姿態吟詠著對台灣這塊土地的愛，甚至把台灣喻爲母親。

一九七〇年代中期，陳秀喜一首被改編譜曲的〈美麗島〉，詩名原是〈台灣〉，開頭就是「形如搖籃的華麗島／是母親的另一個永恆的懷抱」。〈美麗島〉這首歌，在一九七九年發生美麗島事件之後，曾被禁唱。

樹成長在土地上，樹的哀樂也彷彿人的悲哀和歡喜。外在的光與影是陽光投射在樹的現象。這種外部現象就好像加諸在每一個人的力量或因子，會影響人的感受，因爲患得患失。但認清了扎根在泥土才是眞正的存在以後，就不會管光與影的把戲。

面對各種外部條件，人常常不能堅持自己。有些人像浮萍，但有些人像樹。漂流的人生和扎根於土地的人生是不一樣的。在樹的哀樂中，陳秀喜堅定地認識本質的自己。

南國的火紅花影

鳳凰木

林亨泰（一九二四—）

不開在百花爛漫的春天
卻開在百物流汗的夏天
你是新世紀的勞動者

不生為細腰嬌美的小草
卻生為堅強的巨木
你是新世紀的勞動者

結實的時候
不願結成好玩可愛的珠狀

而只要像一條鞭子
在炎熱下
勉勵著懶惰貪眠的雀群
在春天的南國沒有美人
不過　要等到夏天
鳳凰木　那就是南國的美人

◆

一九四五年八月十五日，二戰結束。日本宣布結束對台灣的殖民統治。台灣在祖國的迷障中沒有光復、獨立。經歷兩個多月後，國民黨中國的軍隊從基隆港登陸，陳儀並代表中國戰區的蔣介石，以盟軍名義接管日本交出的統治權。美國武官柯喬治記錄國民黨接收統治初期的《被出賣的台灣》，詳述了戰後台灣悲劇性的開端，因爲接收統治不久，就在一九四七年發生二二八事件。

對於寒帶的日本，台灣是溫暖的南國，兩個島嶼分置在北與南，呈顯的是不同的風景。對於中國而言，台灣的差異是大陸與島嶼，儘管台灣住民大多來自大陸南方，但既與大明帝國、大清帝國以及後來的中華民國人民不盡相似，也因爲在台灣這個島嶼生活，歷經荷蘭以及後來日本殖民統治五十年的影響，而大爲不同。

南國的台灣，暑熱的夏天映照在鳳凰木的火紅花影。這樣的風景，在許多熱帶國家也看得到，但不是日本的，也不是中國

的風景。呈顯在林亨泰的詩裡，鳳凰木有著台灣的象徵。一九九六年在德國波鴻魯爾大學，德國漢學家馬漢茂遺孀廖天琪，繼其夫遺志主持譯介出版的漢德對照台灣詩選，書名就是以林亨泰詩題爲名的《鳳凰木》（*Phöenixbaum*）。

鳳凰（**Phoenix**），有不死鳥、長生鳥的意思，是傳說中阿拉伯沙漠的靈鳥，同類只有一隻，幾百年結香木巢並吟唱美妙的歌而後自焚而死，但死後灰燼中會再出生一隻。以鳳凰木探觸台灣的心靈風景，在林亨泰的詩裡，也在漢德對照台灣詩選裡。

林亨泰在二二八事件後，留下一些悲憫的詩篇，但也有像〈鳳凰木〉這樣散發南國光與熱的詩。對於現實的觀照，寄意在台灣這個島嶼的樹花景致。並且以勞動者意象爲新世紀——其實是劫難年代，賦予積極意味，想是有林亨泰心裡的某種憧憬。

鳳凰木是南國的美人，不是春天，而是在夏天綻放美麗的火紅風情。林亨泰不只有眼淚溶化的風景，也有情熱的風景。

只能等待新的聲音

聲音

杜潘芳格（一九二七—）

不知何時，唯有自己能諦聽的細微聲音，
那聲音牢固地，上鎖了。

從那時起
語言失去了出口。

現在，只能等待新的聲音。
一天又一天，
嚴肅地忍耐地等待。

一九四五年八月十五日，日本宣布戰敗，無條件投降。一八九五年被割讓的台灣因而脫離了日本殖民統治。但又由於「祖國」的迷障，並未像韓國一樣光復、獨立。在殖民地統治、日本語教育下成長的台灣人，用日本語書寫的台灣人，這時候成爲沒有聲音的人。因爲後來接收進占統治的國民黨中國，迅速禁止日本語的出版事務。

以日本語寫作的台灣人，跨越語言的經歷被描述爲「跨越語言的一代」。這一代人大約包括到一九二〇年代之前出生、成長時期沒有通行漢字中國語教育的台灣人。因此，戰後通行漢字中文的台灣詩人、作家，一九三〇年代出生者要比之前年代出生者更早登場。出生於一九三七年的詩人白萩常常提到他的早慧文學經歷，就是這種國度轉換、語言跨越際遇。

戰後的日本和韓國文學，一九二〇年代出生的詩人、作家即時登場。日本的詩人、作家以戰敗反思和破滅感揭示戰後文學；而韓國的詩人、作家則進行殖民時代的歷史清算以及自我重建。反觀台灣，既失去了語言，也失去了主體。從一個殖民統治到另一個殖民統治，既背負了被日本殖民統治的罪責，又承擔了國民黨中國殖民統治的重負。

台灣在日本殖民統治時代成長的詩人、作家，眼睜睜地看著戰後文壇是通行漢字中文的天下，從中國大陸隨國府接收勢力來台的中國文人，除了少數秉持文學良心，大多是附庸於統治勢力。加上二二八事件，文化和政治的破壞，台灣菁英的慘烈犧牲，更讓尚未從日本語文轉換到通行漢字中文的台灣詩人、作家痛苦不已。

杜潘芳格原本也應該是戰後要登場的詩人，她一直要到一九六〇年代末期才出發。〈聲音〉這首詩，描述她語言失去出口的苦悶，既是政治的，也是文化的。失去的聲音不只是語言的書寫和閱讀，也是一種自己能諦聽的細微聲音——意味的是善美和真實，或詩人自己信念裡的價值。杜潘芳格一九六〇年代展開的戰後詩歷程，不斷發出嚴肅忍耐等待新聲音的信息，尋找著語言的出口。

執拗地挖掘

挖掘

錦連（一九二八—）

許久　許久
在體內的血液裡我們尋找著祖先們的影子
白晝和夜　在我們畢竟是一個夜

對我們　他們的臉孔和體臭竟是如此的陌生
如今
這龜裂的生存底寂寥是我們唯一的實感

站在存在的河邊　我們仍執拗地挖掘著
一如我們的祖先　我們仍執拗地等待著

等待著發紅的角膜上
映出一絲火光的剎那

這麼久？　這麼久為什麼
我們還碰不到火
在燒卻的過程中要發出光芒的　　那種火

這麼久？　這麼久為什麼
我們總是碰到水
在流失的過程中將腐爛一切的　　那種水

晚秋的黃昏底虛像之前
固執於挖掘的我們的手戰慄著
面對這冷漠而陌生的世界
分裂又分裂的我們底存在是血斑斑的

我們祇有挖掘
我們祇有執拗地挖掘
一如我們的祖先　不許流淚

◆

一九二〇年代出生的台灣詩人，從詹冰、陳秀喜、陳千武、林亨泰、杜潘芳格、錦連，這樣依序排下來，錦連是年輕的。終戰那年，他才十七歲，是典型的文藝青年。

錦連有一冊一九四九年日記：《那一年》，記錄他二十一歲在彰化火車站擔任電信室報務員的心情記事，留下他自己所說的那一年人生剪影。書中附錄那一年閱讀的書籍五十七冊，完成的詩或短篇小說、隨筆一〇四首（篇）。

《那一年》的日記，原以日文書寫，就像杜潘芳格的《フォルモサ少女の日記》一樣（日本・總和社）。跨越過日本殖民和國民黨中國殖民統治的錦連和杜潘芳格，以少男日記和少女日記留下時代轉換的心思，彷彿詩人年輕時期的告白。

二戰結束，錦連在國民黨於中國潰退來台那年的日記裡，留下的心情記事有生

活、政局、宗教、愛、對日本的探討、資本主義與共產主義思辨，以及詩和文學思維。若與當下的台灣青年相比較，可以看出日治時期和國民黨中國統治的國民教養差別。這也是詩人人格養成的差別。

錦連有一首短詩〈蚊子淚〉：「蚊子也會流淚吧……/因爲是靠人血而活著的/而人的血液裡/有流著『悲哀』的呢」，這首五〇年代作品對照的是戒嚴統治白色恐怖時代的心境。某種意義下，這也可以說是錦連詩作的原型，一種隱喻著政治困厄下愴傷的台灣人精神史風景。

自喻爲「一隻傷感而吝嗇的蜘蛛」的錦連，相映於日本的同世代詩人是長谷川龍生（一九二八—）、木島始（一九二八—）、新川和江（一九二九—）；於韓國則是文德守（一九二八—）、金鳳健（一九二八—）、金光林（一九二九—），對於二戰體驗也許不深，但時代轉換的苦悶卻異常深刻。

以詩挖掘，在火（要發出光芒的）和水（將腐爛一切的）之間，執拗地挖掘，而且一如祖先，不流淚的錦連，他的沉默常讓人尋找他的話語，而他的話語又常讓人尋找他的沉默。在白晝和夜都只是夜的時代，在龜裂的生存的寂寞裡，執拗地挖掘，等待映出一絲火光。

測量死亡

火和海

葉笛（一九三一—二〇〇六）

有兩種不能凝視的東西——太陽和死亡！

A

哭腫眼的太陽
埋半個臉在海中
測量著死亡的溫度
烏鴉們千百次溫柔地歌唱

哦，仁慈的炮口
你頑固的啞默封閉什麼語言？

這是狂歡的瘋狂季節
怎能默然相對？

來喲，愛倫坡
別擔心你鬍鬚沾濕酒
我來和你舉瓶對影成三人
而我底「明天」將如何被肢解掩埋
在血祭瘋狂的季節裡？

B
「喂，燒燒肚子吧。」
揚著一瓶高粱遞來一支菸
那愛老酒的戰友說。
戰壕外炮彈跳著輪舞
戰壕內我們燃燒高粱

黃昏無恥地脫著粉紅色的胸衣
而流血的海扭曲著臉
而赤裸的黑色女神
從透明的瓶中走出來。

C

死亡的自由
曾把他抬起來拋向空中
而粉碎了他的頭顱
而那傢伙又從沒有時間的沙堆
站起身步履踉蹌的向我走來——
當我將如一朵曇花的燦爛時
但，我又忘記他底名字
那個把花圈夾在我底日記
曾以她的肉體燃亮我黑夜的戀人

又從遠海的水平線走過來
踏輭我痙攣的神經
當我從碉堡的槍眼瞄射回憶的游魚時
但，我已把她底名字遺忘

許多柔軟的肉體
將在信管的呵欠裡萎縮的夜
在我底睫毛下
那傢伙的頭顱
她顫動的乳房
驀地醒來
醒來……

D

藍天在碉堡之上
　碉堡之外

嶄壕，鐵絲網
砂丘和海……

藍天
碉堡
嶄壕
鐵絲網和砂丘
和海

殺風景的風景!!
而我是殺風景的風景中
唯一蠕動的生物
頂一頂鋼盔
我底名字寫在怒吼的
爆風上

哦，上帝，我和祢一樣
我們屬於沒有存在的
存在

◆

葉笛在一九六〇年代發表〈火和海〉詩兩輯，第一輯以數字編號，共十多則；第二輯有A、B、C、D四則。兩輯的副題都是「有兩種不能凝視的東西——太陽和死亡！」

火和海，太陽和死亡，交織的是在台灣前線金門八二三砲戰的體驗。這樣的體驗也是詩人的歷史見證，在戰後台灣詩留下面對戰火的形跡。

出生於一九三〇年代初的葉笛，戰後邁入他的青年時代。金門的八二三砲戰之於台灣，就如同韓戰之於韓國，都是自由資本主義體制和共產社會體制的戰爭，背後牽連到以美國爲首的陣營和當時以蘇聯爲首的陣營。韓戰讓戰後的韓國分裂爲二；而八二三金門砲戰則是共產黨中國，欲消滅潰退到台灣的國民黨中國的一場沒有寫下句點的戰爭。

金門以一海之隔，近距離接近中國福建。八二三砲戰期間，雙方砲火凌厲互射，駐守金門的國民黨中國軍隊以台灣爲依憑，對抗共產黨中國的軍隊。台灣青年因服役被徵調到金門前線，面對中國意味的是面對海，面對砲火；意味的也是凝視太陽和死亡。

葉笛譯介了許多日本文學作品，例如芥川龍之介的《羅生門》《河童》《地獄變》裡的許多短篇小說；他也譯介了石原愼太郎的《太陽的季節》，是戰後得到芥川賞的話題小說，象徵戰後青年的叛逆，具有存在主義或說實存哲學的風格。

太陽和死亡不能凝視，然而凝視的卻又正是太陽和死亡。這樣的體驗應該是詩人生命歷程難以磨滅的。留下詩的行句裡，明晰的映照著已消逝的歷史。

凝視太陽和死亡，面對著火和海的場景中不可預知的明天，這樣的人生在二戰結束後並未眞正消失。這是曾被日本殖民的台灣與朝鮮（韓國），迄今仍未眞正終止的夢魘。

藉著酒，詩人一面讀著美國詩人愛倫坡的詩，一面對著書冊封面上的詩人形影。對影成三人，在酒瓶的鑑照下，在將沉入海裡的太陽餘暉，在停止發射的砲口的啞默裡，不知道明天將如何被肢解掩埋。

焦灼的臉

電視

非馬（一九三六—）

一個手指頭
輕輕便能關掉的
世界

卻關不掉

逐漸暗淡的螢光幕上
一粒仇恨的火種
驟然引發
熊熊的戰火

燒過中東
燒過越南
燒過每一張
焦灼的臉

在電視裡，世界關不掉。原本「用一個手指頭／輕輕便能關掉的／世界」，「卻關不掉」。既是電視的世界，也是戰火頻頻的世界。

二戰後，儘管世界性的大戰已結束，但區域的戰爭仍然不斷發生。起先是韓戰，東西方以朝鮮半島爲接壤的戰爭，導致以北緯三十八度的板門店爲界線，分裂

了朝鮮半島在戰後光復而獨立的韓國。南韓和北朝鮮兩種不同的政治體制，印證的是自由資本主義與共產社會主義的相對形貌。

不只南北韓問題，一九六〇年代的南北越戰爭又是一個例子。二戰後，脫離法國殖民統治而獨立的越南，因爲獨立運動的不同意識形態，而經國際強權協調劃分南北越，以北緯十八度爲界線。北越親蘇，南越親美。但一九六〇年代，北越向南越發動解放戰爭，要赤化南越，導致美國派軍參戰。北越頑強抗衡，南越軍政腐化潰散，而美國國內的反戰形勢更牽制了自己，導致南越投降，而由北越統一了越南。

越戰時，正逢學生運動蔓延，毛澤東主義、解放思維影響了全球許多青年學生。中國自己發生文化大革命，而世界各地的許多大學和城市、巴黎大學、柏克萊加州大學、日本東京大學、戰後嬰兒潮世代的青年過敏症併發學運。相對的不只是越戰，也有中東戰爭。

一九六〇年代，電視更開始普及世界各地。電視不只是窗，看過遠方，看到外面。電視也是鏡子，看到自己，看到裡面。從電視新聞看世界的戰火，有政治意識形態的，像越南的自由資本主義對共產社會主義；有國族主義的，像以色列對阿拉

伯國家的相互敵視；甚至宗教意識形態。這樣的紛亂，不只一九五〇年代，不只一九六〇年代，一直到現在依然存在著。

旅居美國的詩人非馬，是位科技人，他的視野從台灣本土跨到國際世界。螢光幕可以關掉，但暗淡的幕上，仍然清晰的有印記在人們心版上焦灼的臉。那是仇恨的火種引發戰火燒過的國度、人們焦灼的臉。

戰爭並沒有眞正結束。

迸濺的血跡

輸血

李魁賢（一九三七—）

鮮血從我體內抽出
輸入別人的血管裡
成為融洽的血液

我的血開始在別人身上流動
在不知名的別人身上
在不知名的地方

和鮮花一樣
開在隱祕的山坡上

在我心中綻放不可言喻的美

在不知名的地方
也有大規模的輸血
從集體傷亡者的身上

輸血給沒有生機的土地
沒有太陽照耀的地方
徒然染紅了殘缺的地圖

從亞洲、中東、非洲到中南美
一滴迸濺的血跡
就是一頁隨風飄零的花瓣

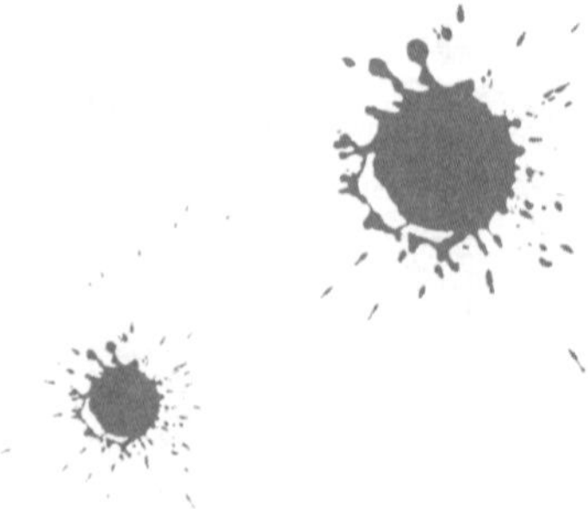

◆

二戰結束後，世界上沒有眞正的和平。台灣、日本和韓國在世界兩大強權體系的對峙線上，有相當長的時間，一如歐洲北歐組織與國家華沙公約國家的對峙一樣。韓戰、台灣海峽的戰火，不是亞洲僅有的事況。南北越戰爭、北越與中國的邊界戰爭、印度和巴基斯坦的衝突……強權與弱小、意識形態的差異、侵略與抵抗、國家內部的紛爭，迸濺著血跡。

人和人之間的輸血代表人類的愛、扶助和關懷。有時候，瀕臨死亡的生命需要其他人捐輸的血液才能活下來。輸血因而是美麗的，就像鮮花的開放。但相對於人和人之間的輸血，詩人卻看別人與土地的輸血，集體傷亡者輸血給沒有生機的土地。那是戰爭帶來的大規模傷亡引起的。

詩人以自己的血輸入別人的血管，以自己的血在別人身上流動。在不知名的別人，在不知名的地方。這種人類愛是文明社會才有的現象。人和人，相互熟悉或相互不知名的人和人，經由輸血而達致的互助、互愛。在這首詩裡被描述爲鮮花開在

隱祕的山坡，被描述爲在自己心中綻放不可言喻的美。

然而，世界不是和平的。對照人和人之間的輸血，集體傷亡者身上流到沒有生機的土地的輸血，不是美。不像鮮花的開放那樣動人，而是徒然染紅了殘缺的地圖。這種生與死的差異，存在於人世間，而且逼視著追尋愛與和平的視野。

台灣、日本、韓國在戰前的殖民與被殖民統治關係，戰後變成：南北韓分裂；而台灣和日本以及南韓，成爲美國對峙著舊蘇聯、新中國共產集團國家的前哨。二戰時期太平洋戰爭的陰影這時候成爲夢魘一般的存在。

從亞洲，看到中東、非洲、中南美，詩人李魁賢的視野裡，對照著人和人輸血以及人和土地輸血的差異構圖。心中不可言喻的美對照著一頁隨風飄零的花瓣，因爲後者是一滴滴迸濺的血跡。

不同的輸血，呈顯生與死的差異，也反映著愛與愴痛的分別。

問天

天空

白萩（一九三七—）

天空必有母親般溫柔的胸脯
那樣廣延，可以感到鮮血的溫暖，隨時保持著
慰撫的姿態。

而阿火躺在撕碎的花朵般的戰壕
為槍所擊傷。雙眼垂死的望著天空
充滿成為生命的懊恨

不自願的被出生
不自願的被死亡

然後他艱難地舉槍朝著天空
將天空射殺。

◆

白萩在一九六〇年代有一本詩集《天空象徵》，其中有兩首〈天空〉。天空——做爲一種象徵性的存在，白萩演繹他自己的存在論視點，也演繹著台灣人的存在狀況。

一九三〇年代出生的白萩，和他同年的李魁賢一樣，都算是戰中世代。他們不像稍早的一九二〇年代出生的台灣詩人，在語言轉換的鴻溝裡被絆倒。也許唸過日治時期的一或兩年小學，學過一點日本語，但他們經歷了戰後漢字中文教育。他們這一世代詩人的出發，在一九五〇年代末，一九六〇年代初，可以說是和一九二〇年代出生的台灣詩人，在同樣的年代登場。

在搜尋台灣、日本、韓國的戰後詩時，相對於日本、韓國一九二〇年代出生的

詩人，甚至一九一〇年代出生詩人在戰後的活躍，台灣的同世代詩人顯得稀罕。這是因爲台灣的戰後詩，面對國家變動、語言轉換，登場時的喧嘩是從中國來的詩人群發出來的。

一九三〇年代出生的白萩，因而在戰後台灣詩史的登場，具有聚光性。在那樣的時代裡，他和前世代的台灣詩人戰後資歷相當；和同世代的詩人相比，也有早發性的榮光。

《天空象徵》這本詩集裡，有一輯「阿火世界」，以「阿火」這個通俗的台灣人角色，描述著歷史與現實裡的存在。破滅感濃厚的存在眞實感，反映在田園的荒廢、精神的困厄。在另一首〈天空〉，阿火望天，但天空只寫著砲花，寫著戰鬥機。詩的結尾「天空不是老爹／天空已不是老爹」隱喻著無法保障兒女的父親，就像無法保障大地的天空。

而這首〈天空〉，是母親的角色。母親應當有溫柔的胸脯，隨時保持著慰撫的姿態。但是被槍擊傷，躺在戰壕，雙眼垂死望著天空——望著母親的阿火，卻得不到慰撫，天空只成爲生命的悔恨。

戰後的戒嚴體制，其實也是戰時體制。戰爭的陰影在這首詩中引喻出存在的絕

望。「不自願的被出生／不自願的被死亡」，這麼喟嘆著的阿火，舉槍朝著天空將天空射殺。天空不只已不是老爹，天空也不是能慰撫的母親。

水啊！水啊！

旱

許達然（一九四〇—）

乾乾曬得他們都火了，不甘渴望著，雲還白白劈不開天，地還如癱瘓的掌心，交錯焦灼的紋溝，流的還是血，汗不能灌溉，秧已痿，蟲還飛，蛙還跳，沙塵通過後他們還睜大著眼，竭力抽，抽筋了還抽，抽到沙；防止地層陷落嚴禁鑿井抽水，抽的繼續抽，裂的繼續裂，枯的繼續枯，朽的繼續朽，死的繼續死，銹還不落，地已不再是泥卻還是土，痲已不耐煩卻還綠，他們不甘乾活著，還要咒天，嘴還張得比傷口大，活該吞下自己的叫喊嗎？

台灣從農業社會轉為工業社會，甚至進入後工業社會，但傳統農業社會的情境仍然留存著。觀照農業社會的印象，視野在土地。

耕作需要水，但氣候的變化異常時，雨水少，水庫裡的儲水常被限用於民生或工業，因此必須採取農田休耕的政策。農民在轉型期的社會是弱勢的一方，常常為工業發展政策犧牲。

從前，台灣政府採取「犧牲農業，壯大工業」的政策，以農業補貼工業。又為了穩定米糧價格，安定民生，採取以稻米換肥料的制度。低價米、高價肥料，農民的損失可想而知。農民是社會安定的力量，也是底層勞動者，支撐著台灣進步、安定、繁榮的景象。

但是，觀照農業、觀照農民的視野在詩人的心裡。許達然的〈旱〉，以土地景象引喻農民處境。政策剝奪農民就像人剝奪土地，天地之間顯現的困境。

沒有水的旱象，土地乾乾，被炎熱的太陽曝曬著。他們——是土地；都「火」

了。意味的既是熾熱，也是怒火。以天地的雲無法形成雨水，以及地的掌紋——亦即乾旱的裂痕，交錯的是焦灼的紋溝。流不出水的溝渠像是流出血，意味苦痛。

沒有水的乾旱景象：秧苗枯萎以病瘻描述；蟲飛蛙跳的現象仍然存在。乾旱，因此又沙塵，常常暴虐通過。人們，做穡人這時際，只有抽取地下水，不顧地層下陷。一直抽，抽到沙也抽。即使嚴禁，但鑿井抽水仍然存在，水啊水啊！要水就只有向地層下抽水。

在天地之間，賴土地耕作維生的人們，特別是農人，既依賴土地，又依賴天。

天不降甘霖，土地乾旱，無以維生。一片困厄景象是：裂的繼續裂，枯的繼續枯，朽的繼續朽，死的繼續死……而泥土被拆解成不再是泥卻還是土，因爲沒有水；瓊麻是最耐乾旱的，麻已不耐煩卻還是綠。巧妙地運用「麻煩」的語字意味。

白萩的〈天空〉在問天。許達然的〈旱〉有咒天，並以張得比傷口還大的嘴反問：「活該吞下自己的叫喊嗎？」抗議著。

根源的鄉愁

懷鄉石

杜國清（一九四一—）

暴風雨後
洪水沖毀了祖田
一顆石頭千翻萬滾
遠離了家園

失落　在路邊
蒙塵的玫瑰窗下
任西風　吹掠

萬水千山　渡過

一顆殘岩　傷痕累累
西方日落　驀然回首
洋燈　閃亮在
傳統的巷尾

一顆頑石　遠離家園
擱淺在異國的斜坡
那冥頑的土質　永遠
飽含鄉土磁性
感應著　鄉情
千里盈盈

故鄉　永恆的磁礦
在遊子心盤上
思念的指針
動盪之後　永遠
定向故鄉

杜國清和非馬、許達然，都是赴美留學後移居美國的學者、詩人。非馬是威斯康辛大學核工博士；許達然是芝加哥大學歷史學博士；杜國清以李賀研究在史丹福大學取得文學博士。他們分別任教於大學或服務於研究機構。三位都爲台灣的讀者譯介了世界詩，開拓了台灣的詩視野。

在美國與台灣之間，三位詩人都關注自己出生、成長的國度。杜國清這首〈懷鄉石〉和非馬的〈反候鳥〉，對照起來，有一種特別的興味，都流露了望向故園家鄉祖國的情懷。倏忽之間，他們在移居國家生活的時間都超過出生、成長國度了。鄉愁是隨著年齡而深化的。他們的二世已是美國人，但他們做爲台灣人的身世是不會變的。

語言是民族的一種面相。仍然用漢字通行中文寫詩的杜國清，想必和非馬、許達然一樣，雖然在美

國，但生活裡有一個言語和詩的祖國台灣在心裡面。非馬的詩說那是一種反候鳥，杜國清的則是懷鄉石。

故鄉像永恆的磁礦，永遠有一種吸力。就像指南針向南。離開故鄉定居在美國的他們，這些遊子的心盤上，思念故鄉的指針永遠定向故鄉。不管如何動盪，但最後的指向都是故鄉。

杜國清以暴風雨後被洪水沖毀的祖田，遠離了家園的一顆千翻萬滾石頭，比喻自己離鄉的情境。那暴風雨喻示的不僅僅是地理的，用來聯想到土石流的石頭。也是歷史的，例如戒嚴統治時期的宰制狀況。戰後的留學風潮既是進修，也是逃離。在那威權統治時代，多少青年選擇留學海外，並在長期的一黨統治不自由時代滯留他鄉他國，歸化成另一個國家的人民。

傷痕累累的殘石，渡過萬水千山，喻相離之遙遠，也喻過程之辛酸。西方——是從美國望向太平洋彼端，在日落的方向有故鄉家園。傳統的巷尾有洋燈閃亮，彷彿就在視野可及之處。

擱淺在異國的斜坡，詩人以自己爲一顆頑石，冥頑的土質飽含鄉土磁性，千里盈盈的鄉情相牽繫、相感應。

從小小的窗口

雁與鴿子

拾虹（一九四五—）

距離人最遠的是雁
所以雁在遙遠的地方
排成人字
以一聲聲喊叫
思念著人們

距離人最近的是鴿子
因為鴿子從籠子裡
飛出來又飛進去
告訴人們什麼是自由

失去自由的人們
從小小的窗口
望著鴿子在天空飛翔
望著遙遠的天空
一隻落單的雁

◆

人和雁以及鴿子；孤獨與自由。拾虹的這首詩，把自己放置在雁和鴿子之間，描繪一種人生風景。

雁的孤獨，在台灣詩人白萩的一首詩：〈雁〉的呈現，帶有歷史感和命運觀。而日本詩人村上昭夫的詩集《動物哀歌》裡，一首〈雁〉探觸著得了不治之病的人的心。

拾虹的〈雁〉，帶有個人的以及社會的，也就是集體的視野。隱喻著戰後台灣社會在被禁錮中的自由渴望，但卻又連帶了非社會性，而是宇宙或人間性的孤獨以

及連帶感。

雁在天空飛。通常是以候鳥隨著季節的變遷。寒冬到來之時由寒帶向溫帶飛，暖夏來臨時反向回返。雁在飛翔移行時，排成人字。所謂的「雁行」，即帶動著領航左右隨行的其他雁隻。在經濟發展的產業策略，常用來比喻合作關係，有方向感，也有團體性。

因爲體形較一般鳥隻龐大，所以雁在天空飛翔的景象，極爲突出。常常在古典詩中被描述、被投射、被寄情。雁行排成人字。牠們喊叫的聲音，詩人以思念人們的心情傾聽。然而，雁在乎人嗎？應該是人在乎雁而賦予的想像。說雁孤獨，不如

說人自己孤獨。說雁思念著人們，不如說是人們思念著雁。藉著雁，詩人抒發自己的心意。

而鴿子呢？養鴿人家的鴿子或戶外廣場上的鴿子，都貼近人。鴿籠裡的鴿子，被放飛出去，又會飛回鴿籠。因爲被飼養，鴿子馴服。也因爲馴服，所以鴿子不那麼自由。但能夠飛出飛入的鴿子，在詩人心目中又是自由的啓示。爲什麼呢？因爲比起被政治困厄監禁的人，鴿子能夠自由自在飛翔在天空，而人們不能自由出入被監禁的國度。

被監禁的人們，包括詩人自己，從家屋的小小窗口，既望著鴿子，也望著雁。自由的鴿子和孤獨的雁——因爲落單，與觀照者之間形成一種互動和連帶。這樣的互動和連帶成爲拾虹視野裡的心象和風景，交織成他的詩篇。

漂泊心

青森的家

曾貴海（一九四六—）

搬來搬去的，終於來到了這兒
兒時夢中的紅蘋果
青森縣
家的門牌寫著
松井先生的名字

診療室的牆壁
掛著四十年來換換洗洗換換的白制服
毫無兩樣的生老病死

寧靜的家園
種了一些異國的花卉
再後面那圃地，都是些
番薯葉及蔥的空心莖

◆

日本的青森，是蘋果的重要產地。位於本州北端的青森，隔著輕津海峽與北海道的函館相望。在許多台灣人的經驗裡，〈輕津海峽〉也是一首日本歌謠，哀怨動人。青函隧道是一條青森通函館的海底隧道，日本國鐵通行的電車經過海底隧道連結青森、函館，也連結本州和北海道。

青森的家不是日本人的家，而是台灣人的家，是旅居日本或歸化日本的台灣人的家。青森的家因而不同於在台灣的家：屏東的家、高雄的家、台南的家。從台灣旅居日本或歸化日本，會在日本落居而有一個在日本的家；青森的家、仙台的家、東京的家……

醫生詩人曾貴海，描述一位從台灣旅居或歸化日本的醫生。這位台灣人醫生已改日本名字叫做「松井」。戰後有許多台灣人醫生旅居日本或歸化日本。有些是在台灣接近退休後到日本另闢新人生，另有些則是醫學院畢業赴日留學後定居下來。但不管如何，都是一種漂泊，緣於戰後台灣長期的政治困厄。

定居在青森，是從原先搬來搬去的不安定狀況而逐漸改變的，這也意味著一般移民者的情境。但選擇了青森是因爲小時候吃日本蘋果而留下的記憶。夢中的紅蘋果也代表一種現實中不那麼簡單能獲得的一種渴望，也許是吃日本蘋果留下的記憶，也許是想要吃日本蘋果的願望，一種未實現而更想要得到的願望。

在青森的家，門牌寫著「松井先生」的名字。但他卻是日本籍的台灣人，他是一位醫生，因此診療室掛著他行醫四十年的白袍，換換洗洗換換的制服。反映人生就是醫治病人面對的生老病死。單調而無變化的醫生生涯，即使在異國也一樣。

在自己的家園種植著異國——而其實是日本本國的花卉。這種本國異國錯置的情境，是移民者身分認同的焦慮現實。因爲這樣，這位從台灣移民日本的醫生，才會在家裡後面的園圃種了番薯。蔓延的番薯葉呈現著某種戀眷祖國故土家鄉的情。而蔥的空心莖呢？那空虛則是漂泊心。

新生命的哭聲是喜悅

我聽見

李敏勇（一九四七—）

我聽見
遙遠的呼喊
也許
從監獄的刑場
或
來自醫院的產房

孤寂的夜裡
我正讀著一首異國的詩
詩人

以語言的擔架
從刑場領回政治受難者
並為他施洗

但我寧願
在日出之前
護士們抱著新的生命輕輕舉起
嬰兒離開母親子宮的哭聲
其實是
女人的歡喜

◆

一九八八年，在台中舉行「亞洲詩人會議」時，我曾發表一篇〈穿越亞洲歷史的光與影〉，探討台灣、日本、韓國跨越二戰前後，交織著殖民統治和獨立、光復後三國詩人的作品。歷史的光與影探討的是：台灣和韓國曾被日本殖民統

治；戰後日本民主化，而台灣和韓國走過戒嚴威權統治尋求民主化的際遇。

相對日本，台灣和韓國的戰後歷史較爲坎坷。韓國因內戰而分裂爲二，而台灣則被中國的勢力接收統治。台灣和韓國的民主化歷程都有斑斑血淚，一直要到一九九〇年代中期才進入民主時代。戰後的歷程反映在詩裡也充滿愴痛和吶喊。

聽見呼喊聲，從遙遠的地方。戒嚴統治時期，那意味著槍決政治良心裡的悽慘呼喊。戰後的台灣歷經二二八事件，以及五〇年代的白色恐怖。多少政治受難者的血淚印記在歷史的形跡裡。那是政治的傷口，是會疼痛的政治傷口。

但我寧願在民主化後，聽到的呼喊聲不再是從監獄的刑場傳來，而是來自醫院產房的新生命的呼喊——是新的生命來到人間的呼喊。這樣的呼喊是女人的歡喜，是孕育子女的母親的歡喜，是所有人的歡喜。

常譯讀世界詩人作品的我，在閱讀許多第三世界國家，或世界戰爭中交戰的相關國度，民族衝突有關的詩人見證，常在詩裡讀到有良心的詩人們作品裡慰撫政治災難和歷史浩劫。在閱讀這樣的詩歌的夜裡，我彷彿看到詩人以語言的擔架從刑場領回政治受難者，也看到詩人在爲政治受難者施洗。這樣的詩讓人感受到神聖，彷佛宗教煥發的力量。

即使如此，即使我的許多詩作也爲戰後台灣政治受難者留下見證，但我認爲台灣不應該仍然停留在這樣的時代情境或歷史際遇中。我想像自己在孤寂的夜裡聽到的遠方呼喊是母親——許許多多母親生下子女，而新的生命被護士們舉起時的呼喊。不是悲傷而是歡喜，不是愴痛而是愛。

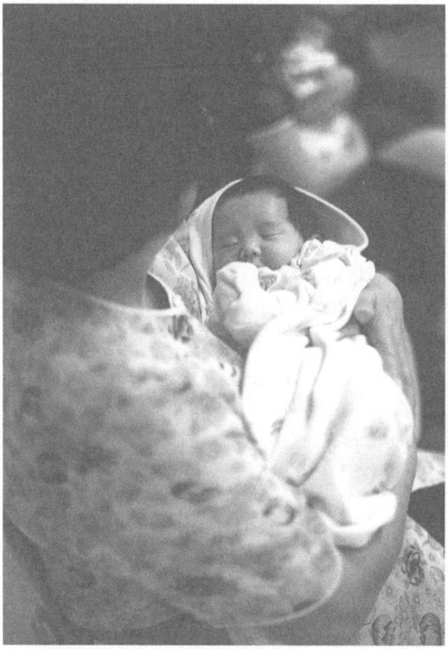

遺忘的傷痕

車站廣場

陳明台（一九四八—）

吉普突然停下來
在車站前面的廣場
穿著野戰服的青年
拿著麥克風在宣揚他的主張

「反對戰爭
禁止核子試驗」

裝上義肢的人
穿著舊帝國軍服

在下面吹奏口琴　響徹四邊的是
宏亮的軍歌

旁邊的牌子上　清楚地寫著大大的字：
「請援助在戰爭中受了傷的人」

戰爭　戰爭已經結束了三十多年
來來往往的行人
有時也會佇立
聽聽宏亮的軍歌
回味回味
麻木了的創痛
遺忘的傷痕
然後　望望高高的標示板的時間
還是
匆匆忙忙地　趕坐地下鐵

離去
像吹過的風一樣
這些是
天天會發現的
風景

◆

二

戰後的日本從戰敗國的陰影走過來。「荒地」的詩人們；「列島」的詩人們；甚至「歷程」「地球」的詩人們。自由主義者或無產階級論各自引伸的民主派，莫不從陰影裡尋覓發展的願景。

從台灣看日本，或從韓國看日本，又如何呢？戰後世代、戰中世代和戰前世代，又如何呢？交織著不同的視點，展現在詩人的視野裡，形成不同的詩風景。

陳明台是戰後世代的台灣詩人，因留學日本而有相當程度的日本體驗。他譯介

日本詩，也兼及小說、戲劇。但他在詩裡留下的日本心境和風景，毋寧是更能顯示他的探索。

二戰已結束三十年的一九七〇年代，在日本留學的陳明台，經驗裡的戰後日本人歷史連帶，反映在詩裡的是車站廣場常常出現的活動：「反對戰爭／禁止核子試驗」和「請援助在戰爭中受了傷的人」的活動。

穿著野戰服的青年，應該是戰後世代的日本人；而裝上義肢的人、穿著舊帝國軍服的

人，則是參加戰爭的日本人。二戰結束的三十年後，戰爭的陰影還存在。創痛麻木了嗎？傷痕遺忘了嗎？未必！否則也不會經常有這樣的場景，成爲一個在日本留學的台灣詩心眼中的風景。

詩人的父親曾以台籍日本兵在南洋的印尼參加過太平洋戰爭而倖存，並寫下〈信鴿〉，在詩裡說：「埋設在南洋／我底死，我忘記帶回來」。兒子，也是詩人的陳明台，在他的日本生涯裡留下這樣的見證，不知是否聯想到自己父親經歷過戰爭的人生？

記得，在日本旅行時，特別是在東京，常常會遇見詩中的風景。不只這樣的風景，右翼隊伍的國家論，左翼隊伍的社會論，也常常關連著二戰的歷史，並在戰後日本的發展動向上發出呼喊與要求。

二戰結束已過了半個多世紀，戰爭遺留下來的暗澹狀況仍然或隱或顯地痛著。在日本，在韓國，也在台灣。這樣的痛，從父親遺傳給兒子，烙印著心。

沉默的星星

不能不

鄭炯明（一九四八—）

不能不向你說一聲再見
在這樣一個寒冷的夜裡
窗外，颼颼的北風
吹起了狂舞的落葉
飄向黑暗的盡頭

不能不給你編織一個謊言
在這樣一個無奈的時刻
說我即將出門遠行
到不知名的國度

踏著踉蹌與失望的步履

不能不強忍著
就要墜下的悲哀的眼淚啊
讓曾經長駐我心頭的你底影子
逐漸擴大，擴大
把整個孤單的我吞噬

然後告訴遠方的友人
當天空的烏雲盡散
沉默的星星，不管大的小的
都將自由地
閃爍它應有的光芒

戰後的台灣曾經長期是不自由的國度，但諷刺的是，標榜自己爲「自由中國」。一九四五年從日本接收了台灣，並因而有一個國家流亡地的「中華民國」，以國民黨中國對峙共產黨中國，在國家成立時不相關的台灣實施戒嚴統治，一黨化。

被稱爲白色恐怖統治的高壓化，是用來對付赤色共產而言的肅殺政治。異議分子或被認爲潛伏的反叛者，在戒嚴體制下，不必經由法律的正常程序就可能被逮捕、拘禁、管束。政治的良心囚犯在威權的監獄裡失去自由。這樣的歷史成爲集體的記憶，烙印在有歷史意識的人們腦海裡。

有良心的詩人不會漠視威權獨裁的存在，不會對政治迫害噤不出聲。關心政治受難者，並嘗試爲受難者發聲，成了戰後台灣詩的經驗。鄭炯明，是一位戰後世代台灣詩人，在他的詩裡留下許多這樣的見證。

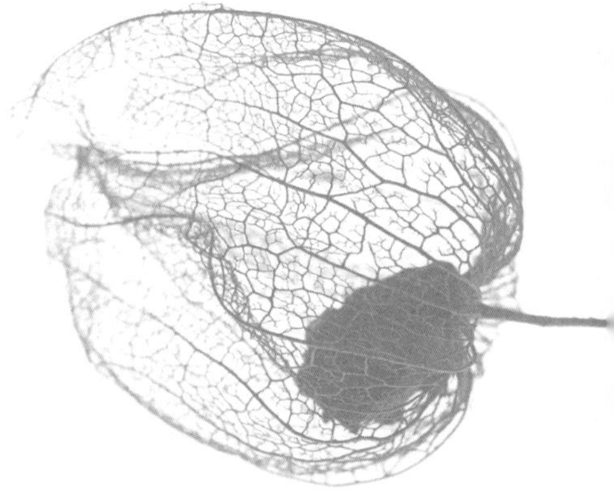

鄭炯明的詩集《番薯之歌》曾經在綠島監獄的美麗島事件受難人之間傳閱。被隱喻爲番薯的台灣，被隱喻在番薯之歌裡的台灣心境，經由一行一行詩句，經由一首一首詩篇，與爲台灣受難的政治良心囚犯對話，撫慰了許多美麗島事件受難者的心。

不能不向你說一聲再見；不能不給你編織一個謊言；不能不強忍著就要墜下的悲哀的眼淚。訴說者是政治良心囚犯，而訴說對象呢？是孩子嗎？或是年邁的長輩？「遠行」就曾經是一位政治良心囚犯、同時也是一位作家的語詞，用來描述他受難的經歷。

不能不，帶著些許無奈「說再見」，但不是有意離開；編織一個謊言，但並不是故意欺騙；忍著眼淚，但並不是不感到悲哀。這些心境交織在政治受難者走入黑暗監獄時的胸臆或腦海。

但是，詩不絕望，詩人不絕望。天空的烏雲散盡後，星星——被烏雲掩蓋的星星；星星——也是一個一個政治受難者。被關在監獄失去自由的人，都將自由地閃爍它的光芒，都將獲得自由。

因爲有思想，而沉重

問號

江自得（一九四八—）

一種義憤
一種獻身的激情
令你昂揚了麼

一陣掌聲
一句溢美的恭維
令你飄然了麼

一種陰沉
一種竟日的被窺伺

令你顫慄了麼

一聲梵唱
一段哀樂的吹奏
令你傷痛了麼

如今這些都已無關緊要

當虛無
自內心深處排山倒海而來
你勉力自哽住的喉嚨
擠出一個
冰涼的問號

幾隻麻雀
在你鐵窗邊

飛了來
又去
飛了來
又去
渾然不覺
這世界的冷淡

◆

江自得是一位胸腔內科醫師，精通X光檢視的醫療。他和大約相同世代的曾貴海、鄭炯明一樣，以醫生和詩人的身分為他們的人生譜寫雙重印記，在台灣這個特殊歷史構造的島嶼，既為人把脈，也為尚未正常化的國家把脈。

詩人，醫生和軍人這三種職業都對於人類命運有特別體認。日本詩人田村隆一說，那是對人類悲慘命運根源性的了解。田村隆一是經歷太平洋戰爭、經歷敗戰的

日本詩人。而江自得、曾貴海和鄭炯明——這三位戰後世代台灣詩人，經歷的是戰後台灣的戒嚴統治體制以及民主化的追尋。

充滿問號的人生，是對於人生本質的問號？還是在時代處境的問號？昂揚、飄然、顫慄、傷痛，分別觸及了不同的情境。獻身的激情、溢美的恭維、竟日的被窺伺、哀樂的吹奏，與其說這是江自得做爲醫生的人生歷程所面對的，不如說做爲人所面對的。

既有問號所代表的問題意識，但也有釋然的脫離其外。詩人並沒有被疑問絆住，而是被某種更超然於外的虛無驚覺著。這是脫離牽絆的一種孤獨，從實有而虛無，現實已無關緊要，或只是形而下的存在，詩人面對的是本質，是生命的況味。

只是這時，人生仍有問號。一個冰涼的問號，又意味著什麼？麻雀的形影，在鐵窗邊幾隻麻雀飛來飛去的形影。他們自由自在，而人在鐵窗的內外。鐵窗喻示著台灣現實的生活空間形貌，也喻示著監禁的牢獄。在詩人的生活現實裡，這或許只是普遍的投影。

人會感覺世界的冷漠，但麻雀也會感覺世界的冷漠。這是因爲人有複雜的語言，能感知並印記複雜的意義。人會詮釋世界——而對於麻雀而言，牠們飛來飛去

只是飛來飛去。有這樣問號的人，創造了複雜的文化系統，在象徵、風格、價值的領域呈顯著人的意義視野。

但一隻鳥，牠飛翔只是飛翔，牠們飛無須有思想，牠們的心不沉重。

歷史的悲愴

中元

陳鴻森（一九五〇—）

唯有我們未接令復員
斜躺在異域的闊葉林蔭下
苦苦思索著
「世界終戰論」的意味
中彈的傷處
久已不再痛楚
只是大日本那被切除的
帝國主義的野望
卻在我們的生
留下一道永不磨滅的疤痕

三十多年了
如今已然成為這片土地的一部分
但我永遠不會忘卻
家鄉今夜是中元
躺在我身邊的木村大尉、飯島和岡田
他們這些真正的皇民
都已先後被接引回國
只有我們這些台灣人留下
駐守著被殖民的
歷史的悲愴

◆

二戰結束後的台灣，被糾葛在日本與國民黨中國的歷史，既荒謬也充滿悲愴。連帶在日本，台灣是戰敗國；但是連帶在國民黨中國，又在誑稱戰勝的情境

裡。從被日本殖民統治，轉而被國民黨中國類殖民統治，二十世紀台灣百年歷史，在特殊的構造裡被書寫著。

台灣人，在日本殖民統治時有台籍日本兵；在國民黨中國類殖民統治時，有台籍中國兵。前者的作戰對象是中國人；後者的作戰對象也是中國人。沒有主體性的台灣人，命運是被綁架的。

陳鴻森的許多詩作，替代了父親那一輩人言說他們無法言說的歷史。他的一首著名詩作〈魘〉，以出生於一九五〇年的自己對照從戰場僥倖活著回來的台籍日本兵，呈顯暗澹的歷史投影。「雖然不曾經歷過戰爭／但在我眼前／卻常會浮起——／許多聲音闃寂了／許多價值和依靠崩潰了／以及到處漂浮著／集體的年輕的死／底幻影」——這種世代傳承的歷史悲愴，爲台灣的戰後詩註記了時代像。

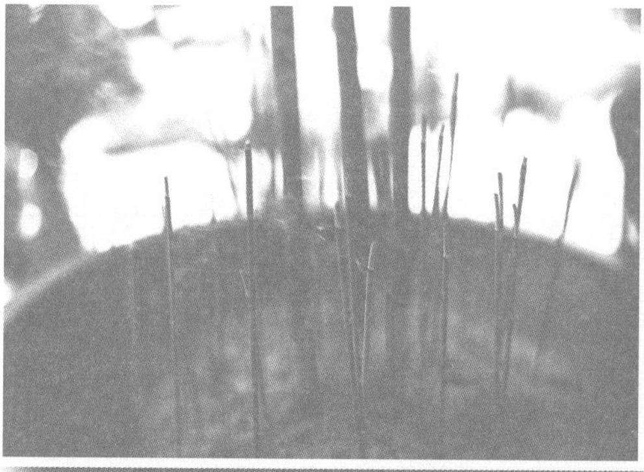

中元節普渡亡魂，但飄浮或源流在異地——在日本發動太平洋戰爭的許多東南亞國家的戰場。那些死去的軍人，那些日本兵，那些台灣人。不像有國家的日本人被接引回國，而成爲飄零之魂。

被連帶在日本的台籍日本兵的命運，駐守著歷史的悲愴，成爲異地土地的一部分。家鄉台灣的中元，當普渡著亡魂時，也只能在不能忘卻的記憶裡獨自咀嚼悲愴的歷史況味了。

如果說，陳千武是以自己親身體驗呈顯太平洋戰爭、呈顯台籍日本兵連帶於戰爭的歷史代表性詩人，那麼陳鴻森則是「以父之名」，對於太平洋戰爭歷史際遇，和台籍日本兵的生命情境作了見證的代表性詩人。

因爲國家轉換和語言轉換的政治和文化變遷，許多台籍日本兵無法吶喊或吟詠自己的悲情歷史。陳鴻森成爲代言者，以詩留下見證——爲黯淡的、沒有主體性國家的台灣。

潛伏著瘋狂的種子

含羞草

利玉芳（一九五二—）

我的身上
潛伏著瘋狂的種子吧
竟然要借助魔性的刺激
幫忙我達成生命的完美

令我全身顫抖扭動掙扎的魔性毒素
正在我的體內蔓延
它使我的眼睛睜不開
使我看不清近距離發生的事

失去了抗拒魔性的力量
遇到深情的觸手
我只會害羞地把眼皮下垂

◆

戰後台灣的女性詩在陳秀喜、杜潘芳格之後才顯露出台灣性格，並且引領出台灣女性詩的另一種風景。這條立基於本土的軸線之所以形成，不只因為台灣的自覺，也是女性的自覺。因為戰後之初政治和文化的「中國語」運動，忽略了在地性，以致要經由重建的路程重新開展台灣本色。一九六四年，代表性的《台灣文藝》和《笠》分別在小說與詩的復權做出貢獻，也為戰後台灣的女性詩開啟一扇新的窗。

利玉芳的詩人之途，出發年代比起她同世代的詩人要晚。大約在一九八〇年代，她才出現。她的詩〈貓〉，發表於一九八五年，隨即獲吳濁流新詩獎，並以《貓》這本詩集在一九九三年獲陳秀喜詩獎，奠定了她的詩人位置。

〈貓〉在利玉芳的詩作品中，具有某種原型性。她以一隻貓的哀鳴並非只爲了饑餓，而有我自己情緒連帶，甚至是隱藏在自己內裡已久的聲音，大膽地引伸女性情欲的自覺。這種從隱忍走向坦露的女性心情，其實也反映了戰後台灣女性的自我解放。

在利玉芳之前的台灣女性詩，相對而言是婉約的。利玉芳這個世代以及其後世代詩人，在政治民主化和社會開放化提供的環境條件，以及女性主義帶來的自我覺醒，較能勇於坦露心意。在日本或韓國，也有相同的女性意識反映在詩人之路。

〈含羞草〉這首詩也呈顯女性情欲的自我觀照。藉由含羞草的植物特性，被觸及就會有反應，並且收縮葉脈——這首詩成爲女性的發言，肉體與精神在受到刺激後的反應，赤裸裸地呈顯在詩的行句間。

深情的觸手被喻爲魔性的力量，甚至魔性的刺激。含羞草借助魔性的刺激以達成生命的完美。而這在詩裡是魔性毒素在體內蔓延，以致睜不開眼睛，看不清近距離發生的事。含羞草和女性自我已成爲一體，這豈只是含羞草，這也不只是女性。

只會害羞地把眼皮下垂，把含羞草和女性自我的特性逼眞地描述。有瘋狂的種子和魔性的刺激，但女性總是女性，有含羞草的意味。

樹是扎根的存在，而我是活動的存在。

以秋天的觸感對抗夏天，
彷彿以女性的觸感
對抗男性世界，
溫柔畢竟是一種力量，
一種更強大的力量。

〈輯二〉面對熾熱之光

日本詩散步

給我們眞正的、人性的死亡

廣島的神話

嵯峨信之（一九〇二三——一九七三）

他們在尋找什麼，
奔跑著到失去時光的峰頂時，
數百人瞬間蒸發在行走的空氣之中。

「我們不要死。」
「我們在閃光中跳過死亡而變成精神。」
「給我們真正的、人性的死亡。」

在數百人之中有一個男人的影子烙印在石階。
「為什麼我被囚禁在石頭裡？」

「我的骨肉會去哪兒，並從它的影子漫開？」
「什麼是我必須等待的？」
二十世紀的神話以火刻印。
誰將從石頭解放影子？
（李敏勇譯）

◆

每年八月六日，日本廣島的原爆紀念，在廣島和平紀念公園和廣島和平紀念館的儀式裡，讓人印象鮮明的是許多日本小孩將千紙鶴套在紀念雕像的情景。戰爭加害者的日本，在原爆意象中又是戰爭受害者，雙重的意象形塑著日本。

相對於德國，日本的二戰反省被認爲較不明確，較不積極。有人以「罪惡感」和「羞恥感」來比喻兩者的差別。德國是有「罪惡感」的國家，因爲宗教和文化觀的緣故，戰後文化反思較爲明確；日本則因戰敗而感到羞恥，雖然文化上的反思仍算是深刻，但政治作爲常讓人感到曖昧不明。

使日本的二戰反思與德國不一樣的，除了東西方文化觀的差距外，日本遭受原

爆的災難也許也是差別因素。戰後的德國被美、英、法、蘇這四個同盟國占領，並分裂爲東西德；相對於日本受到兩顆原子彈的破壞，留存在兩國的記憶不盡相同。

原爆的廢墟意象，在戰後日本成爲文明的廢墟現象，經由廢墟走出戰後日本的精神史。在這樣的觀點上，戰後日本最重要的詩誌之一，就以《荒地》爲名。有許多詩人以凝視廢墟意象走出自己的詩之路途。文學、美術、音樂、電影……原爆的廢墟意象，都成爲某種凝視的構圖。

日本詩人峠三吉的《原爆詩集》，以全視野呈現原爆的風景。而原爆風景更在許多詩人的作品裡呈現著。嵯峨信之這位終戰時的中堅詩人以〈廣島的神話〉，爲他的精神史以及日本人的精神史留下證言。

在詩人自己的視野裡：「數百人瞬間蒸發在行走的空氣之中」，其實連帶的是廣島的二十多萬人。這樣的死亡不是眞正的、人性的死亡，因此詩人說「我們不要死」。

印記在石階的男人的影子是詩人自己的影子嗎？這也是活著的每一個日本人的影子。這樣的記憶禁錮著詩人、禁錮著每一個日本人。從石頭解放影子因而成爲詩人，成爲每一個日本人自我救贖的努力。以火刻印的二十世紀神話，是戰爭造成的。不幸的，日本正是發動戰爭的國家。

破滅的災難記憶

群雀

小野十三郎（一九〇三—一九九六）

遠方
一群麻雀
在飛翔。
某些事物不斷分裂著
某些事物不斷爆炸著，
收穫日血一般的晚霞！
大地倒置
反映在天空。

（李敏勇譯）

兩次世界大戰增加了人們的破滅感，改變了詩的語言況味。象徵愛情的紅玫瑰已不盡然一樣，有時還意味著淌血的陣亡者或殉難人。自然的景象不再都像是〈拾穗〉這幅名畫讓人感受幸福、寧謐的氛圍。因爲陰影已然存在，那改變了認識論。

日本是太平洋戰爭的加害國，也是被害國。帝國的擴張之夢，讓日本軍力延伸到亞洲諸國，在中國也在東南亞國家留下侵略紀行。但原子彈在廣島、長崎造成的破滅和傷亡，卻又成爲無法被遺忘的痛楚。

全體日本人要概括承受戰爭罪行，但是並非所有日本人都支持侵略戰爭。罪與罰降臨這個戰敗國，促成許多文化的反思。自我責任的清算在文化藝術領域顯現。歌頌過侵略戰爭的文化藝術工作者羞愧，抵抗和批評意識更積極咀嚼那樣的歷史。

在二戰前即已活躍的詩人，戰後繼續登場，在更爲開放更爲自由的時代，抒發感受和心境。小野十三郎這位與嵯峨信之年齡相當的詩人，在經歷過自己國度的不名譽侵略戰爭以及不名譽戰敗之後，有陰暗的視野，也有破滅的視野。

遠方一群麻雀在飛翔的天空，已經不是讓人感到開朗、無限延伸視野的天空。也許，那是布滿著從交戰國飛來空襲飛機的天空。這樣的經驗是難以磨滅的經驗，彷彿昨日，在日本的上空，轟隆的飛機聲，砲彈從天而降，建築物起火燃燒，哀號聲不斷。

被日本殖民的台灣，在那時也是被美軍飛機空襲的國家。人們疏散到鄉下，躲避空襲。日本的情形更爲嚴重，決戰於日本本土是爲了逼迫日本投降。原爆是最後一擊、二擊。

從飛翔在遠方天空的麻雀，日本詩人想到「某些事物不斷分裂著/某些事物不斷爆炸著」，不是美好的景象，而是破滅的事況。在秋天的收穫日，晚霞那麼美。但是，在詩人視野裡，那不是鮮紅的玫瑰花，而是血。反映在天空的是倒置的大地，流溢在大地的血色浸染在天空。不是拾穗的美麗風景，而是災難的記憶！

重新活下去的人生

極端分子

菅原克己（一九一一——一九八八）

當我一無所有
只剩過去時
小孩有的只是未來
隔了三年
眼睛已像黑色無核莓果
他張著大大的眼。
盯著我但
看到的我只是鬼魂
叫做過去。
孩子們喜歡鬼魂

早晨他敲我房門
重擊
晃動
翻覆著每一件事物像一陣惡作劇的風。
然後呼叫「極端分子！」
然後輕鬆地
擊敗鬼魂。
他稍後才要
拋棄尿布。
而這時我想起
極端分子
失去他的極端性格。

（李敏勇譯）

戰敗的日本，幾個世代的人們面對的是廢墟，既是現實社會的，也是心靈的。日本導演黑澤明的【夢】系列，有一段是從海外戰場回國的兵士們，穿越山洞的幽暗視野，見證的就是那樣的景象。

經歷戰爭的人們背負著戰敗的罪與罰，可以說是一無所有，只剩過去。然而，小孩卻是有未來的。回國的兵士像是極端分子，只有過去，而過去已像是廢墟一樣，一無所有。對照這樣的過去，擁有未來的是新起的世代。「三年」也許是被徵調去參戰的時間。小孩在這樣的時間成長，眼睛大大的像黑色無核莓果。極爲單純的小孩，盯著象徵只有過去的、從戰場回來的父執輩一代，像鬼魂一樣的父執輩，就像未來面對過去。

孩子沒有經歷戰爭的破滅。孩子純眞，充滿好奇心，即使面對像是鬼魂一樣的

人，也不會害怕，而且在好奇心的驅使下，喜歡闖進自認爲是鬼魂的人的房間，也許他就是孩子的父親。這是孩子對於回國的兵士充滿好奇的親近，對照著不堪的過去和充滿無限可能的未來。

極端分子聽起來很可怕，但對於孩子而言卻只是一個語詞，孩子從大人們學習到喊叫這個語詞，他不一定知道意思，或以爲那是呼叫的名字。這樣的孩子讓像鬼魂一樣的回國兵士也無以招架。在戰場上，被認爲不被輕易擊敗的日本兵士，面對孩子的騷擾，只有被動以對，像是被擊敗。

一個才要拋棄尿布的孩子，多麼小，多麼純眞。也因爲這樣，才與經歷過戰爭，而且戰敗了回到自己國家的極端分子，有著完全不一樣的情境。這樣的情境讓極端分子失去他的極端性格。

這就是戰後日本人某種心性的轉變。從海外的戰場回來，沒有死去的兵士在夢裡也會想到戰爭的經驗，那經驗使人成爲鬼魂。沒有未來，只有過去的鬼魂，從孩子的形貌、舉止得到救贖，從孩子找到喪失的未來，並且也因爲孩子而失去自己的極端性格。

倒下的中國人

原野——戰時中國記憶

金關壽夫（一九一八—一九九六）

我們部隊裡
有人因恐懼
開槍射擊沒有敵意
朝向我們跑來投降的中國

我看到
這男人被擊中
非常緩慢地
倒向地面
好像試著端正地

坐在床板上（李敏勇譯）

◆

日本的近代歷史，因明治維新脫亞入歐發展出國家的高度，因而仿西方列強殖民政策，殖民統治台灣與韓國，並發動太平洋戰爭，偷襲美國珍珠港，發動侵華戰爭，甚至南進東南亞。二戰的亞洲戰區，日本挾持台灣、韓國兩個殖民地，以及從中國東北扶植的滿洲國，形成與美國及中國左右爲敵的形勢。在廣島和長崎遭受原爆制裁後，戰敗投降。

二戰後的日本詩文學，是經由戰爭所造成的精神廢墟走出來的。不只都市遭受破壞，人的心也在意義被破壞的現象裡。反思侵略戰爭，更是戰後日本詩文學的視野。從帝國日本轉變到民主日本，不論左派或右派都探究強權崩壞的課題。

金關壽夫的戰時中國記憶是日本侵華戰爭的反思，不像小說家五味川純平《人間的條件》的巨構，以短短約十行的詩句呈現的〈原野〉，是一個被凝聚的視點，描述的是日本兵槍殺一個投降的中國人，看著他倒向地面的場景。

日本民族畢竟是一個有反省能力的民族，二戰後的日本文學，包括詩、小說、隨筆，就充滿了在自由、民主體制下的反省。雖說日本人的羞恥感與德國人的罪惡感不同，顯示在二戰後的國家反省也不一樣。但日本人的羞恥感裡仍然有反省自己的機能。

原野本來是廣大無邊無際，萬物欣欣向榮的景象，但成爲戰場的原野卻是死傷的舞台。

交戰的軍人、甚至一般平民，死於戰場，鮮血沾染了大地。中日或日中戰爭時，以陸軍爲主的交戰在原野搏生死。戰時的軍人記憶有時像夢魘一樣跟隨著倖存軍人的一生。

侵略者也會恐懼。有日本軍人因爲恐懼而開槍射擊沒有敵意的中國人，他是跑來投降的。看到被擊中的男人，「非常緩慢地/倒向地面，好像試著端正地/坐在床板上」，慢鏡頭的動作，描繪著「那人」的死亡，並且似乎隱約賦予那死者意志裡要成爲人的形象。因爲那樣的景象，讓目擊者的心裡會疼痛吧！

不能被簡化成生活或歌

詩法

鮎川信夫（一九二〇—一九八六）

絕不能被簡化成生活或歌
要成為純粹的、新鮮的虛構。
和許多人民交談，而且還沒有語言時
保持無語言狀況。
哀慟著默禱
對納骨堂裡溺死的兵士。
以最閃亮的感謝
對天上最遠的樹梢。

（李敏勇譯）

◆

戰後的日本詩，《荒地》是代表性的團體之一。許多出生於一九二〇年代，和台灣的詩人詹冰、陳千武、林亨泰、錦連……等相同世代的詩人，集結在《荒地》這個一九四七年創辦的刊物。而台灣的同世代詩人，因國度轉換和語言轉換的政治和文化因素，一九六〇年代才有眞正的開展空間。

鮎川信夫也是《荒地》的代表詩人之一，和田村隆一、三好豐一郎、黑田三郎、吉本隆明……等人一同展開日本戰後詩的墾拓。在印尼蘇門答臘戰場經歷過太平洋戰爭，對於戰爭體驗極爲深刻的他，留下許多相關的詩歌，像是爲戰爭留下的墓誌銘。

年輕時候踏上詩之路途，讀台灣詩人陳千武——他也有印尼蘇門答臘的戰爭體驗——譯介的鮎川信夫作品〈死去的男人〉，常被詩中：「M喲，長眠於地下的M喲／你胸口的傷還疼痛嗎？」感動。台灣有許多一九二〇年代詩人譯介過鮎川信夫和《荒地》其他詩人作品。陳千武的兒子陳明台，也譯介過相關詩人作品。

太平洋戰爭影響了日本詩人，戰爭本身的體驗和戰敗的屈辱，讓《荒地》的日

本詩人群以廢墟意識走出自己的詩之道路。台灣和韓國詩人，因被日本殖民而捲入日本發動的戰爭，戰後的命運雖不盡相同，但也有連帶性。譬如台灣的詩人陳千武，就因爲有相同於鮎川信夫的經歷而在詩裡留下印痕。

經歷過兩次的世界大戰，詩人的詩法也因爲世界性的大戰而改變，這是因爲語言和想像力改變的緣故。鮎川信夫的〈詩法〉懷著重新面對語言的認識論；他不想把詩再簡化成生活或歌，而追尋成爲純粹的、新鮮的虛構。他說要和許多人民交談，意識的是非裝飾性的血肉化課題，而不是歌唱著連自己也不相信的感情。從沒有語言開始，而不是接受已形成的概念。

這樣的詩法是爲了寫出對許多因爲戰爭死去的兵士的默禱。以哀慟的心，死者在納骨塔裡，在南洋戰場的密林裡，望著天上最遠樹梢的星星，以最閃亮的感謝，感謝存活下來。

這就是正義

三尾魚

石垣鈴（一九二〇—）

一尾熱帶魚死了。
牠顯露出
小小翻白的魚肚。

一尾魚浮上來
牠戳探牠的嘴尖
但牠的表情並沒有改變。

另一尾浮上來也戳探牠
有很長一陣子

只是從尾巴吃牠。

這就是正義。
這尾魚說
假使有任何
比這更正確的，
浮升到水面
報出名來。

（李敏勇譯）

◆

在戰後的日本詩史，石垣鈴的出現是被視爲民主主義詩運動的一個標記。以戰前無產階級文學派別爲中心重建的「新日本文學會」，發展勞動階層的詩運動，石垣鈴是代表性的女詩人。

石垣鈴的一首〈蜆〉，寫夜晚醒來看到市場買回來的蜆，在廚房一角張著口，

對照著自己在夜晚也張開嘴巴呼呼大睡。對比那些要被吃掉的蜆，反映庶民生活中的映像和場景，讓人印象深刻。

她還有一首詩〈生活〉，直陳不吃東西就活不下去，並列舉了「米飯、蔬菜、肉類」「空氣、陽光、水」「父母、兄弟、老師」；還有「金錢和良心」。把三種屬性不同的人、事、物這樣並置著，凸顯了生活條件的一般性和不道德性，更是充滿了自我批評的意味。

從小失去母愛，少小就離開學校過著自食其力生活的石

垣鈴，在銀行工作，喜愛文藝，受到民眾派詩人福田正夫的器重，並且因此具有社會意識，經常在詩裡反映女性的生活、意識以及歷史感。

從生活以及現實裡孕育出來的詩，像這首〈三尾魚〉，以一尾死魚，一尾無關係、無關心的魚和一尾吃著死魚的魚，呈顯著和人間一樣的關連性，讓人感到訝異，但卻又能夠感受到眞實。

吃著死魚的這尾魚說，這就是正義。這不就是某種強權的姿態嗎？持有這種姿態的聲音不只悍然宣示正義，更放膽發出威嚇的聲音，挑戰敢於批評的力量。「假使有任何／比這更正確的／浮升到水面／報出名來。」這就是強權的聲音，一種挑戰弱勢者的聲音。這樣的聲音，在這首詩裡其實是爲了批評，是一種對於惡行呈顯的批評。日本在二戰失敗，背負著發動戰爭的罪行。但在日本自己的國度，民主主義者關心民主，並且持有關心弱勢者的社會意義，自我批評的力量就未消失。

這就是正義？詩人諷喻著暴力，以詩的言語。

仍然在漂流

漂流

秋谷豐（一九二二—）

艦隊在暴風雨的夜晚出擊
艦的腹側被魚雷命中
在黑暗裡
熊熊火焰顯現
一百米高的火柱噴射著
鋼鐵的艦殼逐漸下沉

沉落的軍艦在浮油的海洋深處流逝
沾染油污的艦艏露出
漂流著像鯊魚

擁抱軍艦的亡靈
我們的眼神悲慘哀憐　我們不願死
但在拂曉之前　我們會成為鯊魚的食物
——二十年了
我們在浮著油污的海洋深處漂流
沾染油污的手臂在海浪上浮沉
呼叫著什麼
在濃霧裡
一直到現在仍然在漂流在漂流

（李敏勇譯）

◆

秋谷豐是一位戰後日本代表性的抒情詩人，他主導的詩誌《地球》在戰後日本詩壇有一定的地位，不同於《荒地》《列島》或《歷程》。他的詩〈漂流〉，我早就從台灣詩人陳千武的譯介閱讀過，那是一九八〇年代的事。《地球》和台灣

的《笠》有過交流，台灣的詩人們也結伴去日本，在東京參加過《地球》的詩祭。

做爲一位一九二〇年代出生的日本詩人，秋谷豐也可以說是經歷戰爭的一代。太平洋戰爭的體驗，血肉化地成爲他詩的主題。〈漂流〉就是海戰中被殲滅軍艦兵士的體驗。被砲火擊中的軍艦在海洋漂流，不願死去的兵士會成爲鯊魚的食物。這樣的夢魘伴隨著倖存的人生，因而一直在漂流在漂流。

經歷過太平洋戰爭的日本詩人，在詩裡經常探尋著戰爭中的生與死，秋谷豐的詩也是這種見證。在台灣，他同年代的陳千武，在詩裡也在小說裡探尋「那埋設在南洋的死」。在印尼蘇門答臘戰場的記憶成爲詩的深刻主題，牽涉到生死、愛恨、悲歡。

戰後的日本詩和台灣詩，具有共同的歷史背景。被殖民統治的台灣，戰前戰中都是日本人。以詩人陳千武爲例，他也是日本兵。日本發動太平洋戰爭，台灣被迫也捲入戰爭。日本的體驗和台灣的體驗，有相同的戰爭部分，也有相異的爲何戰爭部分。這樣的反省會形塑出戰後詩的體質。可惜，在台灣，戰後的台灣詩人並沒有主體性條件，政治上和文化上的條件都限制了台灣戰後詩在這方面的深層探觸。

被砲火擊中的軍艦，鋼鐵的艦殼逐漸下沉。這種瀕臨死亡的體驗，深刻地被記

憶著。沉落的軍艦露出艦艏，就像鯊魚。悲慘哀憐的眼神從每一個兵士的臉流露出來。在戰後的二十年，詩人仍然感覺到在浮著油污的海洋深處漂流。這樣的詩體驗是一九二〇年代經歷太平洋戰爭的日本詩人記憶裡的現實，刺痛著自己，也刺痛著閱讀的人。

一直到現在仍然在漂流在漂流，那死滅的亡靈的眼神，注視著歷史裡的悲慘哀憐形影。

原爆輓歌

為什麼

田村隆一（一九二三—一九九八）

為什麼
人殺人
為什麼
人愛人
一段長時間以前
我們經常唱說雨若直直落個十天會是浩大的
廣島　長崎
古典原子彈
如今　只要五百萬日圓
我知道你能從銀行貸款買一個

假使有人計算代價
好了那
就像遙遠的愛被關心一樣
身體安慰身體一個星期
從身體到靈魂　從靈魂到身體
而且　在那之後
從靈魂到靈魂　直到一個人手指和口舌開始慰撫
那會是浩大的假使一千支槍矛掉落下來

（李敏勇譯）

◆

二戰後的日本現代詩歌是走過戰敗的荒地發展出來的，就如同戰後德國現代詩不能不凝視納粹德國侵略和戰敗的歷史。日本的廣島和長崎原爆，成爲羞恥的傷痕。而德國被分裂爲東、西德的裂痕何嘗不是？

原爆反映在詩歌裡，最著名的是峠三吉的《原爆詩集》。許多日本詩人的作品裡也觸及充滿破滅感的原爆，在痛楚中反思著自己的國家。就是這樣的詩，讓日本

的戰後詩風景在暗澹中顯現血肉化的張力。

田村隆一是戰後日本詩人最具有代表性的，常常被譯介到海外。他參與的《荒地》，集結了許多重要的詩人，像鮎川信夫、吉本隆明、黑田三郎、三好豐一郎、木原孝一等人。其中，鮎川信夫和吉本隆明還是重要的評論家。

一九七〇年代初，詩人陳千武在台灣出版了田村隆一的詩文集，收錄他許多詩作品、詩論、詩人論和傳記隨筆。那時候，讀譯介的田村隆一詩與評論，才感知到

戰後台灣現代主義詩歌現象的空洞、淺薄性。在某種意義上，我覺得那讓我更深刻地面對詩歌。特別是在台灣，不是戰勝國卻被國策誤導爲戰勝國，戰敗國卻沒有國家條件去承受戰敗國情境。

田村隆一的這首〈爲什麼〉，從追問開始。人殺人或人愛人，究竟因爲什麼？有理性或感性的理由嗎？沒有經歷原爆以前，一連下個十天的雨就是浩大的事。但現在呢？那要一千支槍矛從天空掉落下來。

人類的殺戮性武器愈來愈發展。廣島、長崎的原子彈，那麼大的爆炸傷害，幾乎一個城市就那樣被消滅了，但現在只要五百萬日圓。詩人以諷刺的話語說，從銀行貸款也可以買一個。世界就是這樣，人類就是這樣。

追問著人爲什麼殺人，而人又爲什麼愛人的田村隆一，以愛來拯救破滅感。身體和身體、身體和靈魂、靈魂和身體，然後靈魂和靈魂……這麼相互安慰，以手指和口舌開始慰撫。這個世界畢竟應該互愛。因爲要面對的不只是一連下十天的雨，而是一千支槍矛掉落下來。

在我內裡有許多你的相片

我的照相機

茨木則子（一九二六—）

我的眼
是組合鏡頭

我的眨眼
是快門

頭髮包圍的
是我小小的暗房

那就是為什麼

我不攜帶照相機

你知道嗎？在我內裡
有許多你的相片

你的笑臉在穿濾過葉片的陽光中
你光鮮的海浪沖刷過的栗褐色身體

點燃一根香菸　像孩子般睡著
蘭花的味道　而在樹林裡你是一頭獅子

在這世界　只有一個底片圖書館
沒有人知曉

（李敏勇譯）

記憶中讀過的茨木則子詩，印象深刻的〈當我正最美麗的時候〉，以七個章節的詩題引句描述日本二戰戰敗時際一個年輕女性的心境，眞是動人。還有一首〈六月〉，我曾以〈永遠不要失去的憧憬〉爲題，譯讀在我的一本書《溫柔些，再溫柔些！》「某個地方也許有一個美好的村落吧」，在詩裡三個章節做爲開頭，描繪她憧憬的人生。

就像一九二〇年代出生的許多日本男性詩人一樣，茨木則子這位女詩人也背負著日本戰敗的苦悶。畢竟，她的青春經歷過戰火燃燒的時代，戰敗的暗澹狀況映照著她應該亮麗的人生。整個國家被《荒地》的男性詩人視爲廢墟，女性詩人的視野怎麼能無視共同的處境呢？

但〈我的照相機〉卻是一首充滿抒情意味的女性詩。茨木則子以眼睛比喻鏡頭，眨眼比喻快門，頭髮裡面是暗房，說自己不攜帶照相機，但內裡有許多傾訴對象的相片。內裡就是心，是在心版上印記著傾訴者。

坦露情愫，把對方的笑臉和光鮮的栗褐色身體都呈顯出現，因爲在心版的印記裡，一張一張相片，都是愛慕的男人的形象。甚至描述到點燃香菸的樣子；像孩子般睡著的樣子；有蘭花味道的氣氛；還說在森林裡那像是一頭獅子。在溫柔和雄壯之間，兼具著所愛的男人的形象。心的照相機是爲了捕捉心所愛的人，因而才那麼多采多姿的吧！

有這樣照相機的這位女性詩人，說在這世界上只有一個底片圖書館，那是沒有人知曉的祕密。這麼說來，那傾訴的對象也不知曉這樣的祕密吧！或許，女詩人自己偷偷地愛慕一個對象也不一定。

經歷過戰敗的黯淡之境，喟嘆著自己正最美麗的時候；城鎮倒塌；周圍的人死了；沒有年輕的人帶來喜愛的禮物；頭腦空空洞洞；國家戰敗了；收音機播放爵士樂；多麼不快樂，並決心要活長長人生，像法國畫家魯奧，在老年畫出最美麗作品的茨木則子，仍然是有憧憬的。她有一個世界僅有的底片圖書館，在她心裡。

世界最甜美的聲音

歌

新川和江（一九二九—）

一個婦人第一個孩子出生後
從她嘴唇流露出來的歌
是世界最甜美的歌。
它安撫了遠方狂暴之海的野生動物鬃鬚
它使星星熄滅
它讓流浪者回望他們的旅程
它點亮甚至風也遺忘的
荒谷裡蘋果樹幹上的紅燈籠。
喔，假使不是這樣，
為何一個孩子要出生呢？

這脆弱的、沒有護衛性的存在
假使不這樣！
（李敏勇譯）

◆

雖然洋溢著女性感覺，但新川和江的女性意識卻是有自覺性的。例如她在〈請不要束縛我〉這首詩裡：「請不要爲我命名／什麼女兒的稱呼妻子的稱呼／也不要讓我在擺設的母親位子／危危坐著不動／我是風／是深深知道蘋果樹／和泉水在何處的風」。

而這首〈歌〉——她以出生第一個孩子的母親的歌做爲頌讚的主題。母親的歌，代表一種偉大的力量。這樣的歌，能夠散發出無限的可能。一種生之意義取代了死滅的陰影，特別讓人感動。

母親的角色、孩子的角色、女性的角色、人的角色……對照的是保護者和被保護者的存在。沒有護衛性的存在在護衛性的力量保護下，才能成長。二戰後的日本，在絕望與破滅中需要這樣的視野。唱給孩子聽的母親的歌是世界最甜美的聲

音，是生之歡愉，是祈禱，是願景。這樣的歌是和平的視野，描述的是爲什麼一個孩子要出生。

女性詩的風景常常異於男性詩，在絕望與破壞裡顯示著慰藉和希望。在二戰後，充滿絕望和破滅的日本詩意象裡，像新川和江這樣的歌，就是一個例子。

充滿抒情性的新川和江，從參與西條八十的相關詩刊《蠟人》到加入秋谷豐主宰的《地球》，以及與女詩人吉原幸子共同創辦女性詩人詩誌《現代詩海》，一貫的風格就是抒情性。

擔任過日本現代詩人會會長的新川和江，來台灣參加過幾次國際詩人會議。她和已故的台灣女性詩人陳秀喜，以及晚於陳秀喜的女詩人杜潘芳格，都有交往。詩人陳千武推動的亞洲詩人會議以及與日本《地球》詩誌的交往，更與新川和江熟識。

新川和江是一位優雅的日本女性，她的詩流露著一種女性特殊的風格，充滿愛與關懷。對於二戰後的日本破滅感，她以溫柔的歌和亮光加以撫慰，這首〈歌〉就是典型的例子。

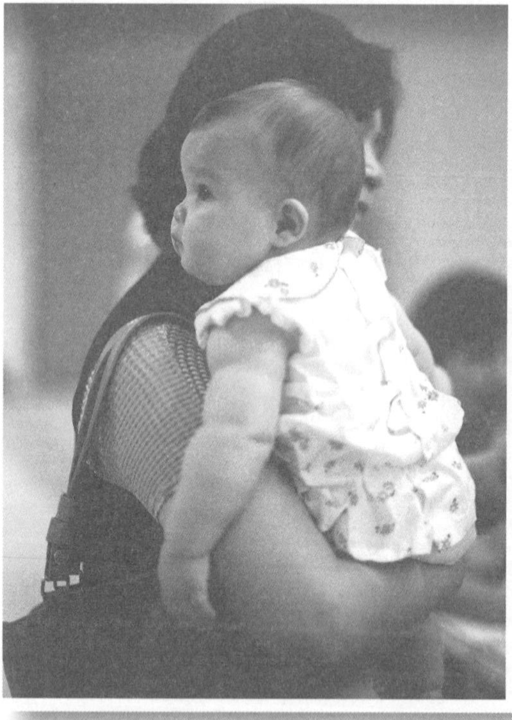

我變成一株樹

樹

谷川俊太郎（一九三一—）

我中指的尖端興奮地
長出綠葉
然後我發現
另有一些葉子從我的無名指長出來
一個一個手指

而且我的手臂交叉成柔軟的枝幹
在我襯衫裡我的身體
變成一株粗壯的樹身
我的腳趾溶入泥土中

而溫水漫過我的下腹
我停止上學
我停止打籃球，停止釣魚
我只靜靜站立著，即使在夜晚
雨使我心情爽快
全然沒有人注意我
他們只是匆匆經過
一直到有一天我枯萎不知走向何方
我繼續腐朽，在風中搖晃著

（李敏勇譯）

◆

谷川俊太郎可能是現在日本最受矚目的詩人。我剛閱讀過的小澤征爾和大江健三郎《音樂與文學的對談》，大江在提到詩人奧登（W.H. Auden 1907-1973）時，提到谷川俊太郎。小澤的後記，提到一九六〇年代他被NHK交響樂團抵制擔任指揮時，鼓勵他的一些文化人，谷川俊太郎也和大江健三郎、井上靖、三島由紀

夫、石原愼太郎等人在列。

一九六六年英國企鵝叢書的《日本詩選》（*The Penguin Book of Japanese*），入選的戰後日本詩人，只有田村隆一（一九二三——一九九八）和谷川俊太郎。在那不久，田村隆一在美國愛荷華大學的一個國際作家寫作計畫，接受台灣去的詩人瘂弦訪問，也認爲谷川俊太郎是當時日本最具有代表性的詩人。我手頭的幾本英譯世界詩選，谷川俊太郎和田村隆一常常列名其中。

谷川俊太郎是戰後嬰兒潮世代以後的詩人。他同年出生的詩人大岡信、白石嘉壽子、有馬敲、小海永二……

不同於戰後嬰兒潮世代經歷戰敗廢墟的苦悶，而有另一種新視野，展開戰後日本詩的新形貌。一九五六年，詩誌《尤利卡》創刊號，谷川以〈朝世界〉爲題，提出：「我們應盡力使詩歌有市場……因爲詩歌有市場，讀者才能品味詩歌，我們詩人才有出路。」並以「我們提供給讀者的應該是感動。」強調自己的詩觀。第二戰後派即環繞著這樣的觀點而有別於前。

以自己成爲一株樹的想像，谷川俊太郎巧妙地引述他的詩集。從中指尖端長出綠葉，然後無名指、一個一個手指；然後手臂，然後身體分別成爲枝幹和樹身；進而腳趾溶入泥土中。這樣的變形想像不同於卡夫卡變形爲蟲的暗鬱，而是明亮的。

停止上學、停止打籃球、停止釣魚，只靜靜站立著。變成樹以後的生活，迥異於一般學生。雨淋在樹上，使我心情愉快，當然了，因爲我是樹嘛！當然，人注意我，因爲我是樹嘛！只是成爲樹的我，有一天也會枯萎，不知走向何方，在風中搖晃著繼續腐朽的身軀。成爲一株樹的想像，開啓另一種視野。

櫻花祭

東京輓歌

大岡信（一九三一—）

我們漫步盛開的櫻花樹下
它們已經開始掉落了

什麼事物都腐爛　你，也一樣

在春天的深處
春天的屍體

花朵從那兒　再對著天空爆開

高速公路上的賞花人群
奔馳向地獄
好像他們打算在黃昏時變成楓葉

（李敏勇譯）

◆

想像三月底、四月初，春天的櫻花在日本首都東京綻放的情景。不只日本人，台灣，甚至來自世界其他國家的人，也會被櫻花的美景吸引。戰前，台灣詩人詹冰（一九二一—二〇〇四）在日本留學時的風物誌，以「現在是笑的極點。／其證據是／正在滴下美麗的淚珠……」爲櫻花綻開飄落的景致留下見證。

但在大岡信這位日本詩人的視野裡，呈現的是大都市的輓歌。一種不同於浪漫心性的觀照，一種對於戰後日本社會以及近代都市情境的透視。「腐爛」「屍體」「地獄」的字眼，對照的是櫻花綻放、飄落的風景。這是爲什麼呢？

一九三〇年代出生的日本詩人，不同於前行世代有被徵調上戰場的戰爭體驗。

這一世代的日本詩人，童年時期或少年時代經歷了二戰——在日本的太平洋戰爭，視野裡有兄長父執輩經歷戰爭的破滅形影，自己的世代則是以邁向青年階段展開人生之路。

比起戰後廢墟的一代，大岡信和谷川俊太郎，白石嘉壽子……這些同爲一九三一年出生

的詩人，是在日本進入安定化、經濟成長社會的詩人。二戰也許不是這一世代日本詩人的視點，但戰後日本經濟發展重新建構出來的社會，在富裕繁榮的背後仍然存在著詩人觀照、探察的課題。

大岡信是這一代日本詩人的理論代言人之一，被稱爲「感性祀奉」的這一代日本詩人。大岡信不若谷川俊太郎的輕盈。大眾化抒情性，在國民詩人谷川俊太郎的詩裡開拓出親切的對話，這是谷川俊太郎成爲日本重要、而且被喜愛的原因。而大岡信則對經濟豐裕化的日本社會背後，再予以深刻的凝視。

從綻開而飄落的櫻花，詩人看到什麼事物都腐爛的風景。飄落的櫻花是春天深處的屍體。這樣的視野不是表面的風景，而是隱含著心的觀照。奔馳在高速公路，要走首都東京觀賞櫻花盛景的人群，被描繪成奔馳向地獄。黃昏時變成楓葉——十月秋天的日本風土被連結在春天、夕陽紅對照著異質的風景。

水與火

燃燒的冥想

白石嘉壽子（一九三一——）

我是一個燃燒的冥想
我擁有一個水的島　在我內裡
水島和滿月浮現
我提供一個家給尼羅河鱷魚群
我的冥想通常不是水藍色

就是紅色　源於欲望
在牠們眼中升起
我餵食鱷魚群美味的太陽
並且引牠們入睡

我住在燃燒的冥想之中
傾聽海浪輕拍水之島
無聲無息　（李敏勇譯）

◆

白石嘉壽子，出生於加拿大，後來回到日本，在早稻田大學攻讀文學。她在少女時代就開始寫詩，是一位與傳統日本社會極爲不同的女詩人，在海外不同國家，有許多譯本，屬於有國際能見度的日本女詩人。

數度來過台灣參加國際詩會的白石嘉壽子，是一位極爲洋化的、國際派女性。記得初次看到她時，就覺得相當特別。裝扮和言談之間的風格，都反映了叛逆性。

戰後日本，從歐洲化迅速加入美國化的影響。既受美國民主主義的洗禮，美國式生活風格也在日本成爲新現象。白石嘉壽子的一本詩集《聖淫者的季節》，書名讓人眼睛一亮。神聖的淫蕩者，這在日本予人的外部印象是不可思議的。但戰後日本，新的女性意識探尋著這樣不可思議的事象。

日本小說家，後來擔任東京都知事的石原愼太郎，有一本小說《太陽的季節》，延伸出「太陽族」的概念，描述戰後世代日本青年的叛逆性。以「太陽族」對應「聖淫者」，約略可以感受到日本的戰後現象。

〈燃燒的冥想〉是一種火的冥想，卻形塑於水的意象之中。白石嘉壽子以內裡擁有一個水的島，「水島」和「滿月」浮現的景況中，引入尼羅河鱷魚群這種凶猛的動物來連帶一位女性的欲望情結。水藍色和紅色，既顯現於尼羅河鱷魚的眼中，也是女詩人的投影。水與火、寧靜和騷動，就是詩人也是女性的心。一種敢於言說袒露的心。這種溫婉含蓄的女性風格是不同的。

戰後的日本女性詩，反映了女性更勇於表露自己的新時代特色。白石嘉壽子就是新時代特色的代表性存在。她比起在日本出生成長的同世代女詩人，更爲自由自在。

以美味的太陽餵食鱷魚群的白石嘉壽子，可以引凶猛的鱷魚群入睡。本身即爲燃燒的冥想，在自己的水之島中，營造著一個世界。在燃燒的冥想之中，傾聽海浪輕拍水之島，也有無聲無息的寧靜。

在傾斜的燈光中

黃昏的鎮魂歌

小海永二（一九三一—）

一個男人日日回家
在他心中細數憂愁的石塊
像一個負傷的國王

一個男人日日回家
浪費早晨燃燒的新鮮芬芳香氣
在每一天固定的工作體制中

他背負一個寂靜的背影
看不見的線拉著他的腳

從世界想到他巨大的遠方
一個男人日日回家
在傾斜的燈光中
回到永遠孤獨的堅硬木床
回到時時刻刻迫近死亡的冷然暖爐

（李敏勇譯）

◆

小海永二是一位詩人，也是學者，翻譯了許多法國詩。他還是一位編輯人，爲日本青少年編輯了多冊詩選。在台灣與日本的詩歌交流活動中，他也是一位積極參與者，多次來過台灣。他這一年出生的日本詩人，包括谷川俊太郎、大岡信、白石嘉壽子、有馬敲……

二戰時期，以十來歲的少年經歷過慘痛、殘酷的戰爭。日本戰敗時，這一世代不像一九二〇年代出生的田村隆一、鮎川信夫等「荒地」詩人，秋谷豐等「地球」

詩人；或石垣鈴等「新日本文學會」詩人；關根弘、長谷川龍生等「列島」「歷程」詩人。以少年之姿迎向戰後的人生，在民主化的日本，經由學習歷程建構詩的新視野。

一九五三年韓戰結束後，日本走向高度經濟成長，隨著豐裕化社會的到來，戰

後廢墟的歷史也過去了。取而代之的是安定化後的大眾社會消費時代，在這樣的時代登場的詩人們，走出「荒地」「列島」「歷程」諸詩派詩人的絕望，面對新的日本社會景象探索著新的人生情境。

但詩人即使在大眾社會消費時代，也有問題意識。大岡信、白石嘉壽子、谷川俊太郎，都在各自的獨特視野裡咀嚼著生命的意義，呈顯新的抒情意味和人間風景。小海永二也一樣，儘管他的學者身分常常掩蓋了詩人形影。

在工作體制中，成爲日常性的俘虜，這是上班族或各種職場工作的人們面臨的課題，學者也一樣。日本社會是體制十分嚴密堅強，而令人失去自由的結構，每個男人每天下班回家，像負傷的國王一樣，細數心中憂愁的石塊。他日常的工作是一種體制，安定了日本的社會，卻又壓榨了日本人的自由心。

說是文化體制也好，說是經濟體制也罷，日本男人其實是被這樣的社會監禁了的。這樣的社會創造了「日本第一」的神話。但是，回到家的男人背負的是寂靜的背影，在家的孤獨堅硬木床，在傾斜的燈光中，詩人想到的是時時刻刻迫近死亡。即使在冷寂中有暖爐，但又如何？

經由一顆溫柔心

來自未知的信息

有馬敲（一九三一—）

你感覺到
來自宇宙的信號嗎？
你能寫下
來自世界的靈感嗎？

經由溫度，一個人的身體能夠
從未知接受並傳達語字，並且
真確地，認知自己身分和他人溝通
經由一顆溫柔的心與手勢
比那些冰冷的電腦終端機

要快得多

活在地球上
最最快樂的
是人們的心跳動
承擔著精神
並帶有那屬於宇宙背後的
某些能量

經由與你自己背後某些事物的溝通
你能賦予新的內容
並有新的生命嗎？
你能經由傳達你自己的思想
創造另一個自我
並孤獨地行走嗎？

（李敏勇譯）

◆

同樣出生於一九三一年，有馬敲與谷川俊太郎、大岡信、小海永二、白石嘉壽子不太一樣。他是京都的詩人，與活躍於日本首都圈的詩人顯現不一樣的詩情。

記得，在日本或韓國的詩交流活動初識有馬敲，不久即在台灣收到他寄贈的英譯詩集。他充滿幽默感，而且帶有諷刺意味的許多詩，揶揄、批評官僚政治，帶有某種深刻的社會觀察與批評性格。

幾次來到台灣，參加在台灣舉辦的國際詩會，熱中於和世界各國詩人交流的有馬敲，顯現著一種積極介入和參與的風格。他的詩被譯爲多種語文，在許多國家出版。在台灣，陳明台譯介了他的幾首詩，而李魁賢譯介了他的一本詩集。

〈來自未知的信息〉顯現了有馬敲對人生的積極探察和追尋。他不像戰後在破滅感的氛圍裡，充滿不信世界的詩人。他懷有建構的思想，認爲經由傳達和溝通可以形塑出更有內容的新生命。

「在宇宙裡的信號，能夠感覺得到；來自世界的靈感，能夠寫下來」——這似

乎是詩人的條件，也是有馬敲的認識論。如果不是這樣，就不能成爲詩人了。前者是內容，而後者是形式。詩人應該兼具這兩種條件。

人的心比起電腦，要溫柔多了，要溫暖多了。語字的接受和傳達是必須具有這樣的溫柔和溫暖才成爲可能的。心在身體裡面，人的身體有一顆這樣的心，人也有這樣的手勢。人會比電腦更快地接受並傳達語字，而這意味的是思想與感情的接受和傳達。

活著，因爲跳動的心承擔著精神，並帶有那屬於宇宙背後的某些能量，才會是快樂的，而且才是最最的快樂，新的生命以及孤獨地行走，都緣於溝通後能賦予新的內容，傳達了思想後能創造另一個自我。

讀有馬敲的詩，彷彿讀到充滿追尋的另一種日本的詩。這樣的日本詩是走出二戰後破滅感，並且不陷於日本經濟成長之後另一種類型困惑的詩。

面對熾熱之光

夏天的文法

多田智滿子（一九三一—）

武斷的夏天
因果關係地傾斜它的頭而苦思不著語字
（某個地方水的聲音
被桔梗的苦味喚起的記憶！）
一條問號形狀的蛇隱入灌木叢

逆光的唱盤因重負而反背
一個男孩的傷口流溢鹽漬
黃昏時一條巨大眼罩蒙上眼睛
（溫柔地，你從夢的關節移動）

不久星星會擁有它們的位階
一直到後來，只有水的光
眼睛的漣漪
靈魂將遺留在你的迷惑裡
睫毛折斷的男孩
對虛空張開手掌
捕獲最後的句點
（那會閃出螢火一樣的亮光
而且逃逸到遠方的河川……）

（李敏勇譯）

◆

第一次讀到多田智滿子的詩，是在一本英譯《當代世界詩選》，日本的三位入選詩人，依序是田村隆一、多田智滿子、谷川俊太郎。後來，我又在一本英譯《當代日本女性詩選》讀到多田智滿子的作品。

我曾譯介過日本女詩人與謝野晶子的短歌集《亂髮》，以及金子美鈴的童謠集《星星和蒲公英》，這兩位都是二十世紀初的詩人，是明治維新之後的日本近代女性，有著那時代的典型。

而戰後的日本，女性詩人已從近代性走到現代性，並且經歷了太平洋戰爭，在戰敗的廢墟和男性詩人一樣受到時代的洗禮。石垣鈴、茨木則子、新川和江、白石嘉壽子、高良留美子、富岡多惠子、吉原幸子……光彩的女性詩人名字爲戰後的日本詩譜出新風景。

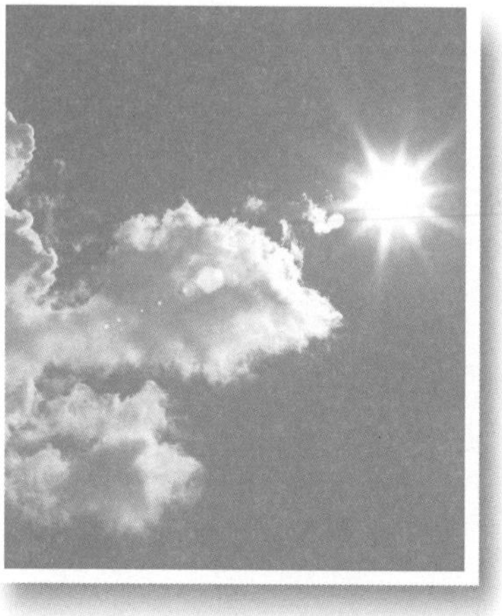

寫詩、寫散文，也譯介了許多法國詩到日本的多田智滿子，被認爲是日本最具知識份子型的詩人。她和谷川俊太郎、大岡信、白石嘉壽子、小海永二、有馬敲同樣出生於一九三一年，二戰終戰時，都只是少男少女，但他（她）們的眼閱歷了戰爭。雖然不像田村隆一、鮎川信夫、秋谷豐、石垣鈴、茨木則子，因爲年紀稍長而

有更血肉化的體驗，但小小的心靈烙印的卻是更純粹的時代像。

〈夏天的文法〉讓人想到田村隆一的〈一九四〇年代·夏〉：「一九四〇年代一些事物／在猛烈的太陽與火的藍紫色戰場／我沒有任何理由倒下了　但／我的幻影仍然活著」。多田智滿子的夏天，不是二戰經驗的夏天，但她的文法裡呈現了對於熾熱夏天的特殊觀照。

一種女性詩的夏天風景，以水的聲音；桔梗的苦味喚起的記憶；夢的關節；水的光、螢火蟲的亮光，溫柔地對抗著武斷的夏天。這樣的景致帶有女性與男性迥異的認識論，或者說人生觀。

以秋天的觸感對抗夏天，彷彿以女性的觸感對抗男性世界，溫柔畢竟是一種力量，一種更強大的力量。

在表象背後的存在

樹

高良留美子（一九三二—）

在一棵樹的內裡
有另外一棵還未存在的樹
現在它的樹枝在風中顫抖

在藍天的內裡
有另外一個還未存在的藍天
現在一隻鳥飛越它的限界

在一個身體的內裡
有另外一個還未存在的身體

現在它的聖殿收集新血液

在一個城市內裡
有另外一個還未存在的城市
現在它的大樓廣場搖晃
在那兒我是一則標題

（李敏勇譯）

◆

高良留美子是一位以反越戰受矚目的詩人、散文作家，她也研究美國對日本的政治、經濟影響，並在婦女解放運動積極介入。出版著作包括評論集、翻譯詩集以及小說。

不是花的凝視，而是樹的探索。這首詩，讓人想到台灣詩人，同屬女性的杜潘芳格一首詩〈相思樹〉裡：「我也是／誕生在島上的／一棵女人樹。」

我曾讀過的一首高良留美子詩〈水甕〉，以「花蕾造形的水甕／沒有花從那兒

綻放／但艷麗的深紅／是日出的色彩／微微張開的雙唇的色彩」開始的行句，敘說的是太陽而非月亮，對應了前述樹與花，似乎顯現了這位女性詩人知性的一面。

但這樣的知性裡，仍然隱藏著感性。以樹開頭的「在一棵樹的內裡」和以樹結尾的「在那兒我是一則標題」，「我」是一棵樹，呼應著標題。

探索著表象的內裡，詩人看到樹的內裡有另外一棵樹；藍天的內裡有另外一個藍天；身體的內裡有另外一個身體；城市的內裡有另外一個城市。儘管那都還沒有眞正存在，但詩人看到了，以詩人的靈視。

在風中顫抖的樹枝；在飛越藍天限線的一隻鳥；在收集新血液的身體聖殿；在搖晃的大樓廣場……樹和我，隱約互喻著。而樹是扎根的存在，而我是活動的存在。我——做爲標題的存在，意識到一種主體，一種觀照、探索的主體。

戰後日本詩的經驗和想像，具有某種從現實表象進而透視現實隱像的意圖，詩人強烈、深刻地深索，觀照著生的意義、生的構圖。

大樓廣場在搖晃，在一個城市裡的另一個尙未存在的城市，這像是日本都市風景隱藏的陰影。做爲標題存在於大樓廣場的我，又意味著什麼樣的存在呢？

在風中顫抖的樹枝，存在於顫抖之境。但鳥飛越藍天的限界，身體的聖殿收集

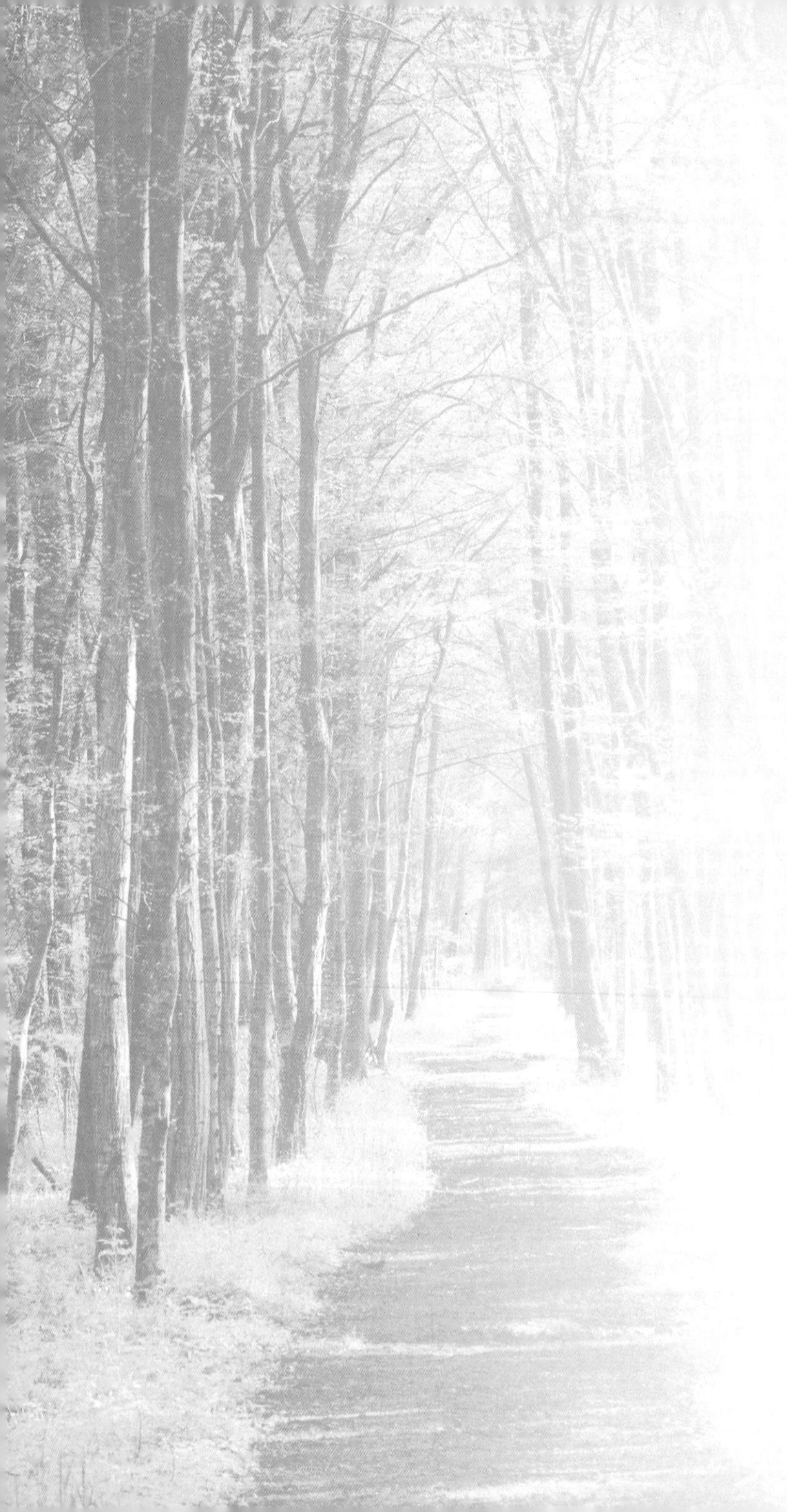

新血液、隱喻著突破與再生。做爲標題而存在的我，也一樣會有突破與再生的視野。

燃燒吧，我的悲傷

你啊，沙漠的風

渡邊三枝子（一九四三—）

消逝了
我所愛的一切
乾枯著
永遠地乾枯著
血一滴滴流出來

怎樣的人生
怎樣的許諾
我才能呼叫這條河
平靜地流動？

你啊
沙漠的風
在遙遠的西邊
在火的十字路口
飄落著
血消逝著
世界終結著

燃燒吧
我的悲傷
我的現在
在這十字路口的心
人們建造的橋
橫越彼此上方

（李敏勇譯）

◆

日本的女性詩風景，從明治維新開啓新社會以來就有新的描繪。與謝野晶子（一八七八—一九四二）在一九〇一年出版的短歌詩集《亂髮》以及她的新詩，富有時代意識和女性意識。經歷大正時代的民主意識和社會意識洗禮，女性詩也有新的面相。二戰後，女性詩的多元形貌更反映在個人與社會交織的景況中。

渡邊三枝子這位一九四〇年代，在二戰時出生的詩人，和其他同世代的女詩人一樣，經由大學教育形塑的知識人風格，發展出文學的歷程。渡邊三枝子並且曾經於一九八〇年代末期，在瑞士日內瓦和法國巴黎生活了一段時間，豐富了她的國際視野。

一九四〇年代出生的日本詩人，比起戰後派詩人在作品裡的時代與社會黯淡意象，要個人化多了。特別是在經濟豐裕時代，在日本的國際地位因經濟力倍增而提升的時代，更有自由探索個人的內在，社會責任的包袱不那麼沉重，女性詩人纖細的心性獲得體現。

在沙漠的風吹拂中燃燒著我的悲傷。這首詩裡的你，是沙漠的風。而沙漠是什

麼？是訴說著「我」的心嗎？愛消逝，一切乾枯著，血一滴滴流出來。這種刻骨銘心的痛楚，被從女性的口吻訴說，像是袒露著傷痕的告白。

心裡的這條河，要怎樣的人生和怎樣的許諾，才能呼叫它平靜流動呢？詩人這麼自問著，一位女詩人這麼自問著，爲乾枯著的愛，回應了聲音。

似乎期待沙漠的風的吹拂，但在遙遠西邊的你，在遙遠西邊的風，並不能眞正被期待得到。你，或風只在火的十字路口，飄落著。在血消逝著，世界終結著的情境中，沙漠的風只是讓火更熾烈地燃燒，而不能滋潤乾枯的沙漠。

自己的悲傷，燃燒吧。在十字路口的心，映照的是自己的悲傷。而在人們彼此上方，橫越著人們建造的橋。這上方的橋能連帶人們彼此嗎？詩人似乎這樣自問著，在自己的悲傷燃燒的情境裡。

假使那讓我快樂

在一個苜蓿園

高橋順子（一九四四—）

在一個苜蓿園地
我不介意周圍被風吹拂
假使那讓我快樂
當天空變得燦爛火紅
我不介意暢飲清酒

假使那讓我快樂
我不介意有五個愛人
假使那讓我快樂
我不介意轉生為一隻貓

假使那讓我快樂
我不介意翻轉一片新葉
假使那
讓我
快樂
（李敏勇譯）

◆

戰後的日本女性意識，甚至日本人的意識和戰前不盡相仿。從最初的戰後意識，在戰敗的陰鬱中體現人生而醒悟的自覺，到戰後非戰民主憲法帶來的再啓蒙，以及隨著日本經濟高度成長帶來的豐裕化，甚至九〇年代的泡沫經濟破滅感，戰後的視野是廣闊而多元的。

追求快樂人生，不再屈服於男性社會壓力，女性除了源於明治維新以後就發展的視野，更執著於在各種領域展現形貌。更有自信的人生，更勇於追尋自我的人生，顯現出與傳統日本社會不一樣況味。

高橋順子可以說是一位新時代女性。二戰快結束時才出生，戰後才開始人生之

路，畢業於東京大學後，以一位編輯人、法國詩翻譯家，經營出版公司。出版過多冊詩集的她，一九九〇的一冊詩集就是《快樂的葉子》。

相對於哀愁，就是快樂。〈假使那讓我快樂〉這首詩，坦陳著願為快樂而活著的心意。這和矜持的日本女性是不同的，和傳統的日本女性意識是不同的。

但詩人的快樂觀是獨特的！在苜蓿園地被風吹拂；在天空燦爛火紅時，暢飲清酒；不介意有五個愛人；不介意轉生為一隻貓；不介意翻轉一片新葉。這樣的坦露，其實是從日常性逸脫的一種瀟灑心情。不是物質的，而是精神的自由解放。

高橋順子的詩不像比她早一個世代的白石嘉壽子那樣叛逆性。她的詩沒有白石嘉壽子那種「聖淫者」極為洋化的風格，較具抒情性。相較之下，白石嘉壽子在二戰時期的少女階段經歷，以及在加拿大出生在外國有一段生活經歷，或許更激越。

「不介意」的說法有「也可以」的意思，這不是「我要」的講法。從這樣的角度來看，高橋順子仍然是婉約、輕柔的。在自覺的、自由解放的女性意識中，仍然具有日本傳統女性意識流露出來的氣質。

更自覺的人生意味著更有主體性活下去的人生。戰後日本女性詩歌的風景和日本女性的人生風景就這麼交織、這麼呈現著。

祖國究竟是什麼？

我看得見祖國

宗秋月（一九四四—）

從山腳下那是不能的
但一個非常晴朗的日子
從我攀登的一座連綿九州山脈的
天山山頂
我看得見濟州島
看得見朝鮮

我還是小孩的時候
我經常呼喊著　嘿！嘿！
緊握我的手指

你是我的祖國嗎？
我只能在圖畫中看到祖國嗎？
我的祖國在我的拳頭裡
嘿！嘿！

現在我住在大阪
離開那山頂那麼遠
我緊握著我的手指
並且呼喊著
嘿！嘿！嘿！

（李敏勇譯）

◆

朝鮮和日本的恩怨情仇比起台灣和日本，更爲突出鮮明。分裂爲南韓、北朝鮮的原朝鮮，曾經扮演古中國與日本之間的橋樑角色，而且以兄弟關係比喻自己和日本。然而，近現代的日本又曾經殖民統治過朝鮮。兩國的經濟競爭從東北亞

走向世界。

去了韓國，在從前的漢城和現在的首爾，感受到的文化情境，會覺得韓國比台灣更像日本。雖然在意識上顯現出來的是：對日本的敵對、競爭意識。想來這是因爲被日本殖民過的朝鮮，光復獨立後回到自己；而台灣則在未獨立被光復後，承受了國民黨中華文化意識的緣故。

朝鮮人和台灣人一樣，因爲被日本殖民統治過，有許多移民日本歸化了日本的人民。在日朝鮮人和在日台灣人，是日本國民裡的兩種特殊存在，在認同與歸

屬上，也存在許多特殊的心境吧！

出生於佐賀的宗秋月應該是一個朝鮮裔日本人，與他一樣的朝鮮裔日本詩人崔華國，是出生於慶尚北道的移民，並不完全相同。即使這樣，宗秋月也是他特別的祖國意識——那就是對於朝鮮，當今韓國的一種隱隱約約歸屬或正確地說的連帶意識。

從最接近朝鮮的日本國土——九州，在登上山時，經由「看得見濟州島／看得見朝鮮」的想像，彷彿看得見祖國的情境流露出來。那是一種什麼樣的情境呢？設想，這如果是現在時態的情境，回憶到自己小孩時，緊握自己的手指，呼喊著「嘿！嘿！」並且問說：「你是我的祖國嗎？」那種情境又如何？這樣的祖國是只能在圖書中看到的祖國。

祖國已成爲自己歸屬或生活的國度之外，一種模糊的感情連帶。這樣的祖國在自己的拳頭裡，是因爲現實與夢之差距而有以致之的吧！更因爲自己住在不能看得見濟州島、離開九州山頂的地方，只能再緊握著自己的手指，呼喊著。

祖國到底意味著什麼？在日朝鮮人、在日台灣人的祖國。台灣、日本、韓國移民到歐美其他國家的人們，祖國又是什麼呢？

〈輯三〉半島的叫喊

韓國詩散步

二戰結束六十年，
朝鮮戰爭帶來的南北分裂，
南韓民主化，
北朝鮮仍在獨裁體制裡，
半島的疼痛讓世界有所感受吧！
世界聽得見半島的吶喊聲，
因為他們詩人在呼喊。

我死時讓我成爲岩石

岩石

柳致環（一九〇八——一九六七）

我死時讓我成為一塊岩石，
不要被任何同情的色彩沾染了；
不要被哀愁或歡樂動心；
任由風和雨衝擊；
鞭笞到內裡，甚至深入
到殘酷無情的百萬年的寂靜
一直到生命本身消失湮滅；
一道滾滾烏雲，
遠距離的雷電，
即使我有夢，

我不會歌唱，
即使我裂開兩半，
我的嘴唇不會發出哭喊，
我希望成為這樣的岩石。

（李敏勇譯）

◆

我曾譯讀柳致環的詩〈旗〉，並且在自己的一首詩〈從有鐵柵的窗〉，引述他這首詩的行句：「究竟是誰？是誰首先想到／把悲哀的心掛在那麼高的天空？」

韓國和台灣一樣，一九四五年八月十五日脫離日本殖民統治。韓國光復、獨立，但因南北韓戰爭而分裂成南韓、北朝鮮兩個國家。對照的台灣，是被國民黨中國進占統治的歷史，以及因而延續國共內戰殘餘的歷史。

戰後的韓國，進行被殖民的歷史清算，許多詩歌咀嚼著那樣的歷史。戰後韓國的民主化發展是在對抗軍事強權、軍事政變以及激烈的社會運動下形成的。台灣則

是經歷了國民黨一黨長期統治，在抵抗中發展出民主化之路。

韓國的詩情反映他們國度的既悲且壯，不同於台灣的悲情。歷史的傷痕，既被暗暗低吟也被豪邁叫響。柳致環的〈旗〉是一種傾訴、一種哀嘆；而〈岩石〉則呈

現堅硬無比的心，展露傲然的靈魂。

回顧被日本殖民統治的歷史，韓國人和台灣人的際遇和情境是有差別的。對殖民者而言：韓國人強悍，台灣人溫和。戰後，韓國的歷史清算，自我批評嚴厲；台灣沒有回到主體的歷史詮釋、附和殖民者的台灣人從附和日本轉而附和國民黨中國，形成根源性、未清算的歷史。

死時要成爲一塊岩石，這種至死不渝的堅硬，是韓國人的意志也是感情。一位韓國思想界人士，在爲終戰六十企畫製作韓國獨立運動史系列電視專輯，來到台灣時，比較台灣與韓國在日本殖民統治時的差異：殖民者日本以陸軍進駐韓國，而以海軍進駐台灣。海軍在當時是較先進、文明的軍種，對待被殖民者的手段不一樣。韓國貧瘠，且與中國相連；而台灣肥沃，是個海島。相較之下，壓制和抵抗的程度也不一樣。

岩石的堅硬是會分裂，喻示的似乎是南北韓分裂，即使這樣也不發出哭喊。希望成爲這樣的岩石的韓國詩人，呈顯了他們的動人意志、動人感情。

以眼淚擦拭，擦亮岩石

愛

朴木月（一九一九—一九七八）

我只不過是一個心碎的尋夢者，
一個愚蠢的尋夢者。

每個夜晚我偷偷地
以眼淚擦亮岩石

漫漫夜晚
我以眼淚擦拭岩石

何時我的愛和天堂

會在黑暗中相映
並和頑固的岩石相映？

（李敏勇譯）

◆

韓國的詩既有某種特殊的悲壯，也有某些細膩的哀愁，反映著韓國人性格裡兼具的對立特色，詩人也像是映照著這樣的心境。

岩石和眼淚，看似對立的形象，可是韓國人兩者兼具。既想像岩石一樣堅硬，卻又止不住眼淚的滴淌。

二戰後的韓國詩，有一個潮流是探索自然意義的「青鹿派」。朴木月和趙芝薰、朴斗鎮在終戰後——他們稱之光復、獨立或解放，以《青鹿集》出版寫於日本殖民統治時期的詩，因而得此名稱，並一直持續追求這種詩境。

看似避開政治現實，而向自然投射心情，這樣的抒情其實也可以觀照韓國的時代性。沒有憤怒的語句，有的只是淡淡的哀愁。

以一個心碎的尋夢者和一個愚蠢的尋夢者自喻，追尋的愛是什麼樣的愛？談到

愛，在自己的尋夢歷程感到心碎，又感到愚蠢，謙卑的心情似蘊含了無限的哀愁感。

夜晚，以眼淚擦亮岩石，以眼淚擦拭岩石，又是什麼樣的指涉對象呢？某個女性？某種理想？某種二戰前後韓國的際遇中的課題。

即便不清楚詩人爲何在愛的視野以眼淚和岩石相對映，但很清楚這是兩種極端對立的事物。眼淚是訴說者流露的，而岩石則是訴說者面對的。

現實的課題是那麼困難嗎？被日本殖民統治時期比台灣的被殖民統治更艱辛的過去。光復、獨立、解放的現在，左右意識都在描繪韓國政治遠景並對決著，影響著的未來。朴木月的愛也許不單純在訴說個人的愛，而在描繪某種韓國共同的愛吧！

不知何時自己的愛會和天堂相映，在黑暗中的時光這是多麼美麗的憧憬啊！不只和天堂相映，也和岩石相映。頑固的岩石是每個夜晚以眼淚去擦拭、去擦亮的。

二戰後的日本有敗戰的苦悶，韓國則有光復、獨立、解放後左右對峙的苦悶。而台灣呢？王育德《苦悶的台灣》又何嘗不是二戰後台灣的情境，只是這樣的情境是因爲祖國的迷惘而產生的。

革命是孤獨的

藍天

金洙暎（一九二一——一九六八）

詩人談到的
羨慕著雲雀的自由
是什麼
在藍天這麼靈巧自在
需要特殊能力

任何想要
提升自由的人
要知道
雲雀看到什麼

而鼓舞牠的歌聲；
血氣又如何
融合在自由裡；
為什麼革命
是孤獨的；
為什麼革命
必須是孤獨的。

金洙暎有一首〈雪〉，以年紀較大的詩人鼓勵年輕詩人發聲。他以下雪比喻專制獨裁的統治，要年輕的韓國詩人像感受雪的寒冷而咳嗽一樣，要發聲表達對威權的抗議。

咳嗽吧，
把整個夜晚打擊我們心的痰
吐掉。

他在戰後韓國的反對運動裡，以詩發聲，以行動參與。透過紙和筆，也走上街頭，更參加一九六〇年的四月革命，實踐淑世的介入立場。做爲一個現代主義者，他的詩與行動打破了許多僞現代主義者的逃避社會責任論。

記得，初讀金洙暎的〈雪〉，是台灣還處於戒嚴統治時期。那是一九七一年，我在一本英譯韓國現代詩選裡，選擇了包括金洙暎在內幾個詩人，譯介在台灣的詩刊。在一本世界詩譯讀《亮在紙頁的光》，金洙暎的〈雪〉也在其中。

二戰後的韓國，因內戰分裂爲南韓和北朝鮮。民族的傷痛之外，南韓號稱自由民主體制，但民主化的實踐也是經由反抗獨裁專制而進行的。在美蘇陣營對抗的前線，南韓一如台灣，政權仰仗美國的鼻息。而爲了反共，美國對這些前線國家的獨裁也睜一隻眼閉一隻眼。北朝鮮在社會主義體制裡，更有其禁錮的一面。

戰後初的南韓總統李承晚就像入據台灣的蔣介石一樣，仗恃親美反共而遂行專制。朴正熙以軍事政變革掉李承晚政權，進行的也是獨裁專制；全斗煥、盧泰愚等軍事強權的模式大同小異。到了金泳三、金大中、盧武鉉，總算開展了民主的新頁。這樣的歷史裡，詩人怎可能沒有聲音？

以藍天象徵自由的天地，視雲雀在藍天自由飛翔比喻追尋自由的條件。自由的追尋來自願景，也要有血肉化的氣魄。但金洙暎在自由的追尋中、憧憬中，想到革命的孤獨，彷彿抒發自己的心境。

不堪回首的路

路

盧天命（一九一二——一九五七）

當我穿入松樹園，松樹園
一間點亮著光的老房屋會出現。

那兒是
蟲聲嘶嘶的秋天
月光照亮雪覆蓋的田野。

夜晚當白百合吐放著香氣，
人們以白色的手
描述鹿

咬著摺疊屏風裡的花蕊。

當我穿入松樹園，松樹園
即使現在
也像是一則傳說，
光會從老房屋出現，但是——

我顫抖，
唯恐召喚回許多故事
我的心像一隻野鴿子般靜謐……

（李敏勇譯）

◆

盧天命是一位女詩人，在四十五歲時自殺，距二戰結束，韓國從日本殖民統治獨立十二年。她的一首名詩〈鹿〉，出現在韓國譯介爲英文的各個選本。在

我的《亮在紙頁的光》這本世界詩譯讀裡，我用〈哀愁賦〉介紹她用來描繪韓國人形象的姿影。

「因為天生了長頸子，你是一種哀愁的動物，常常安安靜靜柔柔馴馴的。」

北韓出生、成長的她，畢業於首爾的梨花女子大學，擔任過記者。二十歲時就發表作品登上詩壇的盧天命，被視爲是韓國近代女性詩的奠基者。〈鹿〉既是韓國民族的，也是個人的投影，在優美的抒情中反映了人的變化以及悲傷，其實也流露著被殖民的民族情境，帶有某種自我觀照和反思。

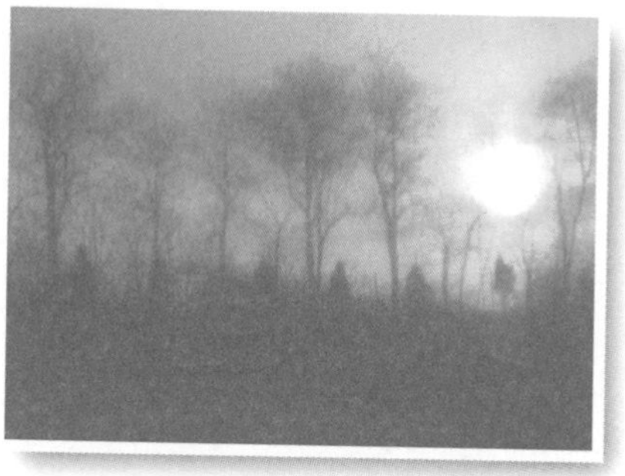

一九五〇爆發的韓戰，歷經三年時間，造成南北韓分裂。獨立和光復轉而分裂，並進入被東西方陣營支配的冷戰時期，反映在韓國詩文學的和一般國民感受的，都脫離不了悲觀。延續被殖民的歷史際遇，國家被分裂成南北，以北緯三十八度線板門店爲界的對峙，充滿民族的血與淚。

〈路〉這首詩係一首田園詩，描述一種寧謐優雅，但不一定是現實擁有的情境或記憶。這首詩也出現鹿，是以燈光照射用手描述的鹿的投影。人們用手可以形塑出被燈光照射的動物形影，常常是家人相聚的場合，交談或嬉戲的情節。但在現實裡，已經不一定存在了。

點亮著光的老房屋也許是國家分裂前的家，在松樹園的裡面，是隱蔽的家。秋天時，蟲聲嘶嘶叫著，冬天月光照亮雪覆蓋的田野。那樣的老房子，那樣的家，如今安在？那像是一則傳說的老房屋，在寂暗中會有光出現。

想念著那樣的家屋，詩人的心像一隻野鴿子般靜謐，並且顫抖著，因爲也害怕會回憶許多故事。但那樣的路畢竟是曾經走過、常常會想起的路。這位女詩人終其一生獨身，像一隻鹿孤獨地走在山路，走在田園之路，走在鄉野之路，走在歷史之路。

印拓複雜情愫的風景

春日

趙芝薰（一九二〇—一九六八）

藍色之海露出
白色牙齒
在山茶花紅色花瓣之間

海浪轟隆地
飛濺玻璃窗

一雙黃色蝴蝶
在一個玻璃花瓶上面飛啊飛

然後像一朵花的花瓣
萎謝褪落（李敏勇譯）

◆

趙芝薰也是「青鹿派」代表性的詩人，他的詩被視爲具有禪境、詩風典雅。這樣的詩人卻又是一九五〇年代、一九六〇年代，韓國政治運動、社會運動的積極參與者。這是韓國詩的一項特色，特別是經歷內戰，導致南北分裂的歷史，讓韓國詩人溫柔和悲壯兼具，流露動人的情境。

一九六〇年代，我在許世旭譯介的《韓國詩選》，讀過趙芝薰一首〈可思莫思花〉，對「可思莫思」的語境，感到一種特殊的美。譯介沒有說那是什麼花，看起來是禪思或形容特別的感情態度。後來悟出「可思莫思」原來是Cosmos——既爲「宇宙」，又是「大波斯菊」。可思莫思花是在台灣也常見的波斯菊，或波斯花。秋冬收割後的稻田裡甚至開放著一大片波斯菊，美化農村田園的景致。街道上的分隔

島草坪也搖曳著波斯菊。

〈春日〉景色，在趙芝薰的詩裡，一出現就是藍、白、紅，不知道是否隱喻著法國大革命的自由、平等、愛。在許多詩裡，常常這樣隱喻。電影也一樣，波蘭導演奇士勞斯基更以《藍》《白》《紅》爲電影片名，呈現他心目中的自由、平等、博愛情境。

只是，海浪的白色，飛濺在玻璃窗就破散消失了。視覺裡的藍、白、紅，在接觸之後的狀況是破碎、散亂的。但這何嘗不是意味著沖擊或衝擊的

力量？白色既象徵平等，這樣的社會力在社會運動中是否被喻示呢？

室內的景象是一隻黃色蝴蝶在玻璃花瓶上飛啊飛，這黃色又特別在說明什麼？凝視著從窗外的風景，到窗外風景的元素之一接觸到玻璃窗，再描述室內景氣，從藍、白、紅到黃，色彩的語言既爲外部風景，也是內在心象。

飛啊飛的這隻黃色蝴蝶，後來像一朵花的花瓣，萎謝褪落。〈春日〉的風景，從生氣盎然到死滅，詩人的心境映照著充滿差異的現象。這樣的春日，或許隱喻著一位韓國詩人的觀照。在個人抒情和社會批評之間，詩人的心印拓著複雜的情愫，呈顯在風景裡。

眼淚煥發的力量

一首詩的序曲

金春洙（一九二二—）

這時我是一種危險的動物。
如果我的手碰觸，你會
不知不覺地瀝青般黑暗。

你在存在的枝椏末端
綻放和萎謝
無以名狀；

一種回想的容器，一種光
在不透明的黑暗裡

眼眶盡是淚水。

整夜我哭泣。
突然，我的哭泣像龍捲風般
搖晃高塔。假使滲透過岩石，
它會成為黃金。

……我覆蓋面紗的新娘。

（李敏勇譯）

◆

金春洙有一首詩〈花〉，常被提及。我在〈亮在紙頁的光〉這本三十九位世界詩人的心境與風景（玉山社，一九九七）的詩解說裡譯介過。

在〈花〉這首詩裡，金春洙以「我沒有呼喊出名字以前／它只是／一個物體。／叫了名字／它才／成爲一朵花」闡述命名的意義，也闡述了連帶的條件。事物因語言的命名而存在。人與事、與物，甚至與人，也因語言的命名，以及呼喊、叫喚、

稱謂而存在。德國哲學家海德格說：「語言是存在的住所。」就是這樣的意思。

詩人以語言進行他的作業，在語言活動中形成意義。在某種意義上，詩人甚至說：「世界是以語言形成的。」在形成一首詩的詩人語言狀態，或詩人的語言及其思想狀態、隱藏著詩的祕密，隱藏著詩人的祕密。

金春洙說，「這時我是一種危險的動物」，並以「如果我的手碰觸」，「你會不知不覺地瀝青般黑暗。」用這樣的情境來描述一首詩在發生之際的形色，有一些神祕性，有一點風雨欲來，雷電交加的味道。

「你」又是什麼呢？是詩嗎？

應該是的。在「存在」的枝椏末端，以花意味綻放和萎謝。但又以無以名狀來描述它的不可捉摸，頗有「Poetry」和「Poem」之相關語境。詩在醞釀與形成之間，在「詩學」「詩的」與「一首詩」之間，的確存在著這微妙的差別。

金春洙的詩〈花〉，我曾以「這麼纖細的詩，充滿論理的美與抒情」名之。在讀到〈花〉之後的一九八〇年代末期，初見金春洙，是在台中舉行「亞洲詩人會議」。擔任過韓國詩人協會會長的他，清瘦的身影，可以說是仙風道骨。

但為什麼「你」又會是「一種回想的容器，一種光，在不透明的黑暗裡」，而

且「眼眶盡是淚水」呢？這種哀愁感和悲愴，流露的也是韓國詩的特殊狀況。雖然哭泣，但會像龍捲風般搖晃高塔，滲透進岩石會形成黃金，這種哀愁的弱與強張力，形塑著詩。神祕的詩，是詩人「覆蓋」面紗的新娘。

在無止境的溫柔中

表現

鄭漢模（一九二三—一九九一）

當憂傷停滯在
那些清澈的眼睛時
你往下看而不嘆息。

當歡樂充滿並流溢
在那些清澈的眼睛，
你更平靜地注視自我，

現在那些清澈的眼睛
沐浴在淚水裡；

然而，平靜如一，你
在嘴角顯示開懷的笑意。

在無止境的溫柔中
那些清澈的眼睛
平靜地訴說而且思考。

我的漂浮閃閃發光
像在恍惚中的鱗片
跟隨著一尾金魚的夢。

（李敏勇譯）

◆

鄭漢模是一位學者，他的詩具有濃厚抒情性。記得一九九〇年到韓國參加在漢城——現在的首爾舉行的世界詩人會議時，他正擔任文化部長。一九九一年，卸任部長的他傳出逝世的訊息。

在韓國，許多詩人兼具學者身分，而且在大學裡任教。在韓國，社會領導階層的精英們不管在學界、政界或企業界，仍然對詩人與詩有一定程度的敬重和喜愛。詩雜誌和文學刊物一樣有商品或企業廣告，顯示了它們的傳播效能，也顯示社會的文化形貌。

做爲戰前，在日本殖民統治下出生、成長的一代，鄭漢模也有被殖民的歷史記憶，就像台灣的同世代詩人們。但韓國的詩人是回到自己的主體，而不像台灣的詩人被國民黨的中國統治權力接占進行類殖民統治。雖然韓國在二戰後光復，獨立不久，就因爲朝鮮戰爭而分裂成南北韓。

韓國的詩人面對著他們的歷史際遇，有和台灣與日本相似或相異的情境。因殖民統治而有所連帶的三個國度的命運，但又是殖民者或被殖民者的對立關係，或同樣被殖民但歷史發展又不相似的關係，交織在不同國度的三個東亞國家詩人的作品裡。

我常常凝視或閱讀台灣、日本、韓國三個國度詩人作品裡的表情——這是表現出來的情狀：憂傷或歡樂；如何憂傷如何歡樂？

韓國人通常感覺起來比台灣強悍。相對於日本人的敬謹，台灣人的柔順，韓國

人的強悍顯然在於他們奮進不懈的國家意識和國民意志。亞洲四小龍的兩個國度：台灣與韓國，由於韓國的國家條件比台灣明確化，韓國的經濟發展在邁入二十一世紀已衝在台灣的前面。

憂傷時不嘆息，歡樂時更平靜，沐浴在淚水時仍然在嘴角顯示開懷的笑意。韓國人有些就像詩人描繪的，在無止境的溫柔中，平靜地訴說而且思考。

但這更像詩人鄭漢模的自畫像，或他的詩之旅路。漂浮著，閃閃發光，在恍惚中的鱗片跟隨著一尾金魚的夢。

情念之歌

春熱

洪允淑（一九二五—）

我病了
氣喘著
因為一點點風或一陣花香
春天像一個浪蕩女人
在連翹矮籬上方吃吃的笑

頭髮漫開
梳洗得光澤亮麗
像一個年輕女人一樣眩目
日日成熟而且讓人渴慕

男人渴望被拴在床
他自由自在的女人
躲藏在連翹矮籬後面
偷偷地笑了一整天
而他眼睛變黃像是充滿忌妒
當他注視黃色的矮籬時

（李敏勇譯）

◆

韓國的女性詩，若以盧天命（一九一二—一九五七）而言，是內斂的、冷寂的。她的〈鹿〉隱喻著韓民族的歷史，而〈路〉則是充滿靜謐的風景。比她的年代更晚的洪允淑、金南祚（一九二七—）、咸惠蓮（一九三一—）、金后蘭（一九三四—）、姜恩喬（一九四五—），呈現的是不完全一樣的風情。

〈春熱〉的女性意識，以春天比喻女人，而且是浪蕩女人，有一種解放感。以一九二〇年代出生的洪允淑，相較相同世代的台灣女性詩人陳秀喜、杜潘芳格，好

像要坦然、開放得多。

連翹花在台灣的小說家吳濁流作品中，《台灣連翹》就是，這是一種矮籬植栽，爲了整齊，常常修剪，《台灣連翹》象徵著台灣人承受的被宰制命運。而在洪允淑的這首詩，是家屋外面的矮籬，在連翹矮籬上方吃吃的笑，或躲在連翹矮籬後面偷偷地笑。女性意識、解放感也不無和連翹的連帶。

台灣的女性詩人、日本的女性詩人、韓國的女性詩人，都在東方社會的傳統矜持禮儀中成長，但也在近現代進程中形塑出進步思想、保守與進步、矜持或開放，除了時

代氛圍、社會氣氛之外，當然也關聯著個性。女性詩的風景因而繽紛多彩。

對照日本・新川和江的〈歌〉，以生了第一個孩子的婦人歌聲做爲美之極致來頌讚；對照日本、石垣鈴〈三尾魚〉的社會正義感；再對照台灣・陳秀喜〈樹的哀樂〉人生投影；以及台灣・杜潘芳格〈聲音〉，語言等待出口的肅穆感。洪允淑的〈春熱〉，洋溢著女性情熱，反映了戰後韓國女性詩的自由、解放。

女性意識強化起來，就是一種自覺意識。這使得女性相對於男性，成爲平等互動關係，而不是宰制關係。這首〈春熱〉，也有一種情欲感覺，不再矜持、內斂而是開放，呈顯女性自我。

病了，氣喘著。讀起來，不像是病，反而是蕩漾的春情，這樣的女性，從傳統的壓抑中走出來，也許是亞洲女性，是新東亞女性會不斷顯現的風景。

言靈

花和語字

文德守（一九二八—）

語字
觸及了花，
突然地
那是一隻蝴蝶。

語字——
聲響和意義——
飄動像一面撕裂的旗，
破滅。

語字——
燃燒像一把火焰；
熄滅在
它自己的潮汐
推向花朵。
有一個語字
在花朵汲取著
變成一隻蜜蜂

（李敏勇譯）

◆

語言文字在某種意義上，就像意義的精靈一樣。我喜愛漢字日語的一個詞語：言靈，常常想像那會帶領詩人飛翔在現實與夢的世界。

詩人在語字的世界穿梭飛翔，語字就像意義的地圖。面對地圖，其實面對的也

是現地。雖然現地會改變，比起地圖觸及的要多得多，但詩人也可以進行沒有地圖的旅行，觸探更未知、更深邃的世界。

日本詩人田村隆一說「世界以語言造成」。在認識論的視野，那是的。韓國詩人金春洙也在詩裡說「叫了名字／它才／成爲一朵花」之前，它只是一個物體。

用這樣的角度來看文德守的〈花和語字〉，才更能進入這位詩人的世界。

詩人的經驗和想像，是藉由語言文字的言靈觸探而形塑的。文德守用花和語字對映。不像金春洙的〈花〉，以女人和花並置，形成男與女的連帶，像是在談論詩的形成。

從花而蝴蝶，這種觸及讓語字的魔力有驚喜、訝異。有花而又蝴蝶，其實十分自然。在描述花時，常常也觸及蝴蝶。花靜止，而蝴蝶飄飛。就像相機的鏡頭裡對準了花，卻突然飛進蝴蝶的形影。

語字有聲響，可以聽；有意義，在聽見時會浮顯意義。像一面撕裂的旗一樣地飄動，而且破滅，觸及了南北分裂的朝鮮，亦即詩人的國度。韓國詩人多少都背負著分裂的傷痕，而這是列強帶給他們國度的傷痕，也是他們國度追尋不同政治、社會意識而帶來的痛苦。

旗在韓國詩人的作品中常常出現。柳致環的〈旗〉，結尾時「究竟是誰？/是誰把悲哀的心/掛在那麼高的天空？」直探朝鮮近代歷史的滄桑：被日本殖民，戰後獨立、光復了，又因內戰分裂。」

語字會燃燒，像火焰，也會熄滅在自己的潮汐。從火焰到花朵，彷彿從批評到抒情。但汲取花朵變成一隻蜜蜂的語字，從被觸探者轉而成爲觸探者，積極性呈現出來，意味著比蝴蝶更強烈的動向。

頌讚的一天

主日

金光林（一九二九—）

一窩初出的雛燕
怯怯地齊聲求取食物；
唱詩班的男孩們容光煥發
就像斜向天空一棵橄欖樹的葉子。

管風琴帶著渴望漸漸沙啞
我步下
那光輝的台階
走向一座隱蔽的修道院

那兒一些祭壇男孩們，頸項
圍繞紅領巾，
一天會到訪三次
手持燭台；
他們會在天堂散發光。

（李敏勇譯）

◆

韓國詩人金光林的漢譯詩選《半島的疼痛》，由詩人的兒子——在台灣拿到文學博士學位，並在台灣任教的金尚浩擔綱完成。接到譯者寄來的詩集，封面的金光林特寫，對照「誰也不知道的疼痛/我只是哽咽而已」，不禁感覺到朝鮮半島發出來的心的聲音。

因爲台灣詩人陳千武推動的亞洲詩交流，以陳千武（台灣）、金光林（韓國）以及高橋喜久晴（日本）三人做爲軸心的新東亞詩地圖，在一九八〇年代就開始描

繪。也因爲那樣的機緣，我在台灣、日本和韓國，都見過金光林。在一些詩的交流活動，看到金光林一頭逐漸灰白頭髮下的堅毅臉龐。詩的行句似乎印記著他的皺紋，隱隱約約有他所屬國度土地的脈動。那或許是山、或許是河、或許是田園。

翻閱《半島的疼痛》，那是詩人對自己民族、國家深層的體驗。半島，就是半島。戰前曾被日本強占殖民統治；戰後光復、獨立，卻因爲韓戰而分裂成北朝鮮和

南韓。這樣的半島和一島之國的台灣，有共同像也有差異像。台灣在二戰後從日本殖民轉而中國殖民，而朝鮮半島分裂爲二。半島的疼痛和島的疼痛，形成新東亞的創傷。

在韓國和日本，金光林被稱爲韓國的尤里西斯（Ulysses）。因爲他一九四八年離開北朝鮮的故鄉，後來又參加韓戰，從此在南韓的生涯背負著存在的鄉愁。記得有一年，金光林送我一本詩集《千斤的憂愁》，那樣的感覺仍然記在心頭。希臘神話尤里西斯之旅意味著漂泊、返鄉、放逐……這樣的情況在希臘導演安哲普羅斯的電影也呈現著。

〈主日〉就是禮拜天。在韓國，天主教徒很多，教會和修道院的場景，襯托著雛燕，唱詩班男孩、橄欖樹、管風琴，頸項圍繞著紅領巾的祭壇男孩、燭台……這樣的情景似乎撫慰著詩人的憂愁。因爲他們會在天空散發光，一種肅穆的、安謐的信息流露著。

半島的疼痛成爲詩的土壤。但在主日裡，詩人彷彿看見某種引領人們的力量，在風景中呈顯出來。

再會吧！心所愛的人

飄落的花瓣

李炯基（一九三三—）

那是多麼優雅的
看到一個人在該離開的時候
明智地離去

經歷過
春天激情的地獄
我的愛現在正凋謝著

花瓣紛紛飄落
是我們應該離開的時候了

滿懷分離的喜悅

隱入濃密的陰影中
隱入秋天即將成熟的果實裡
我的青春像一朵花般凋萎

讓我們分手吧
當花瓣開始紛紛飄落到土地時
揮揮我們蒼白的手

再會吧，心所愛的人
你是我靈魂的悲傷之眼
深厚地像水注滿一個井泉

（李敏勇譯）

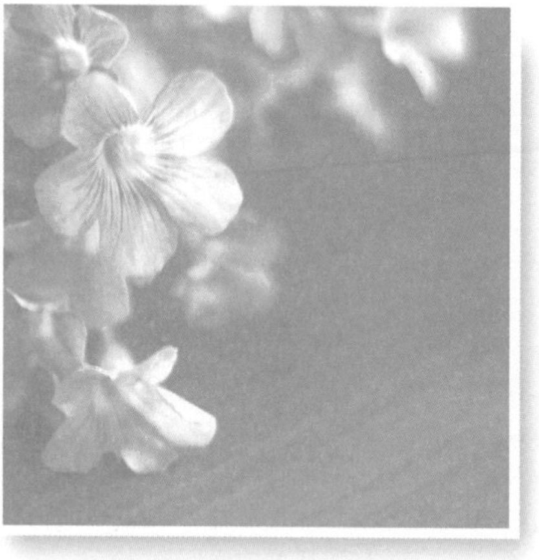

仍然清楚地記憶韓國詩人李炯基的形貌。清瘦修長的學者、詩人、評論家的他，是在韓國首爾見面的，那已是近二十年以前的事了。但記不清楚他是否來過台灣。

韓國的詩有一種抒情傳統，不只在女性詩人作品流露著，也在男性詩人流露著。高中時代就想成為一位詩人的他，詩裡流露著一種人間的情念。

詩人陳千武譯介過李炯基的詩〈你〉，在詩末有「寂寞就是/你對我/我對你/互相把背脊和背脊/推擠著/卻無法填滿的心」，一種微笑的感覺躍然紙上。

花朵綻開，然後花瓣飄落。從飄落的花瓣想像分手的戀人優雅離去的姿勢。春天那麼燦爛地開放，被詩人以春天激情的地獄描述。愛情的火焰既熱烈，也是會吞噬人的氛圍。但是，再熱情也會冷卻嗎？詩人以愛的凋謝和飄落的花瓣相互比擬。

分離畢竟是惆悵的事。能夠分離得漂漂亮亮，並不是每一對戀人都做得到的。該離開的時候，就離開吧！然而，滿懷分離的喜悅畢竟是殘酷的說法。這讓我想起一位韓國詩人金素月的〈杜鵑花〉：「我會欣然地讓你離去／而毫無怨嗟……當你厭倦了我／而欲離去時／我會忍著／不讓一滴眼淚掉下來」。金素月也是一位男性詩人。

花瓣飄落，但隱入濃密陰影也是隱入即將成熟的果實。花落、結果，秋天就是這樣的季節。因爲青春像一朵花般凋萎也沒有遺憾嗎？

你和我，看著飄落的花瓣，想像季節的容顏，分手會變得灑脫些嗎？然而，揮舞蒼白的手，我們的再會是心甘情願嗎？不盡是這樣吧！不是這樣，但又要這樣，哀愁感才出現，抒情性才呈顯。

雖然像是優雅、明智地分手，但分手畢竟不是快樂的。把所愛的人，把分手後的愛說成「我靈魂的悲傷之眼」，刻骨銘心進入靈魂深處。在淚水裡的悲傷之眼，深沉地蓄積著感情的厚度，像井泉裡湧現的水。

半島的叫喊

菊花

高銀（一九三三—）

南方的詩人們，
你們怎能吟唱你們無奈的
菊花之歌以及同類的事物？
你們死了
對無數的花。
死了
對歷史。
北方的詩人們，
你們怎能吟唱你們執拗的
父權之歌？

你們死了
對無數的兄弟和姊妹。
南方的詩人們，北方的詩人們，
從死亡和謊言
奔跑。（李敏勇譯）

◆

二〇〇五年秋天，諾貝爾文學獎揭曉的前夕，來自國際媒體的預測名單中，韓國詩人高銀的名字在榜內。這是第一次在這個獎項照見韓國，也許是因爲韓國政經文化國際能見度被矚目的緣故吧！二戰結束六十年，朝鮮戰爭帶來的南北分裂。南韓民主化、北朝鮮仍在獨裁體制裡。半島的疼痛讓世界有所感受吧！世界聽得見半島的吶喊聲，因爲他們詩人在呼喊。

二戰終戰六十年，韓國的一位思想家金容沃在教育電視台製作了系列節目「韓

國獨立運動史」。他來台灣拍攝訪問相關歷史時，與台灣的文化界有所接觸。意味深長的「南北韓統一」等於「台灣獨立」的獨立論：強調韓國因爲分裂爲二所以並沒有獨立；而台灣因爲受制於中國體制所以沒有獨立。

韓國與台灣都被日本殖民統治過。台灣是因爲大清帝國的割讓，成爲日治下的台灣；而韓國則是因爲日本強制入侵，而成爲日據下的朝鮮——二戰後的國號是大韓民國。但分裂後的北韓，稱爲朝鮮民主主義人民共和國。相對於台灣在日治結束後，因祖國的迷惘而落於中國體制，韓國則於日據結束後獨立、光復，但又分裂。南韓、北朝鮮的分裂，形成迄今猶未能復合的愴痛。

戰後的韓國詩，從被日占據統治下的反省，到省思南北分裂。南韓民主化過程的血與淚反映

在文學裡較爲人所知，而北朝鮮則隱祕不爲人知。南韓的詩人，在藝術與社會，在純粹和參與的文學論裡，以語言挖掘，對抗著現實的眞實，比台灣的詩人們更強烈地發聲。

菊花在韓國，在台灣，在日本這些東亞國家，和在中國一樣流露鮮明的花語，不是浪漫而意味著權力體制的符碼。高銀批判南韓的詩人吟唱無奈的菊花，用來相對北朝鮮的詩人吟唱執拗的父權，對於歷史的死亡和無數兄弟姊妹的死亡所隱喻的南韓北朝鮮政治現實。高銀的質疑含有對自己的質疑，並帶有批判的意味。

詩人們，從死亡和謊言奔跑吧！追求更眞實的事物，並且追求生。

素朴心

無有

朴在森（一九三三—一九九七）

有時
風吹拂車前草的葉子
水滴在那兒
聚成光耀的形狀，並掉落
在這寧靜無瑕的瞬間之後
人生無所欲求

（李敏勇譯）

記憶裡似乎見過朴在森，在一九九〇年代初，於韓國首都首爾舉行的世界詩人會議。但譯讀他的〈無有〉時，他已過世了。

印象裡，韓國人強悍，日本人拘謹。台灣人呢？特殊的歷史構造讓台灣人缺乏形式和儀式的鮮明形象。戰前，台灣人被日本化，戰後被中國化，在主體文化的形塑尚未呈顯構造。遇好則好，遇壞也壞，墾拓經濟卻未深植文化。

原來應該放在和日本、韓國一起的新東亞脈絡去觀照的台灣，戰後常常被連帶在中國的視野裡。而中國，又有國民黨中國和共產黨中國，古代中國（那也許不能稱爲中國）或當代中國的差別。其實，台灣人並不同於中國人。無論國共，也無論古今。

強悍的韓國人形象中，也常常會感受到柔弱的一面。極端具有自主意識的氛圍中，也有無所求的空靈。人性就是這樣，國家也是。看看朴在森的〈無有〉，那麼單純，那麼素朴的心。

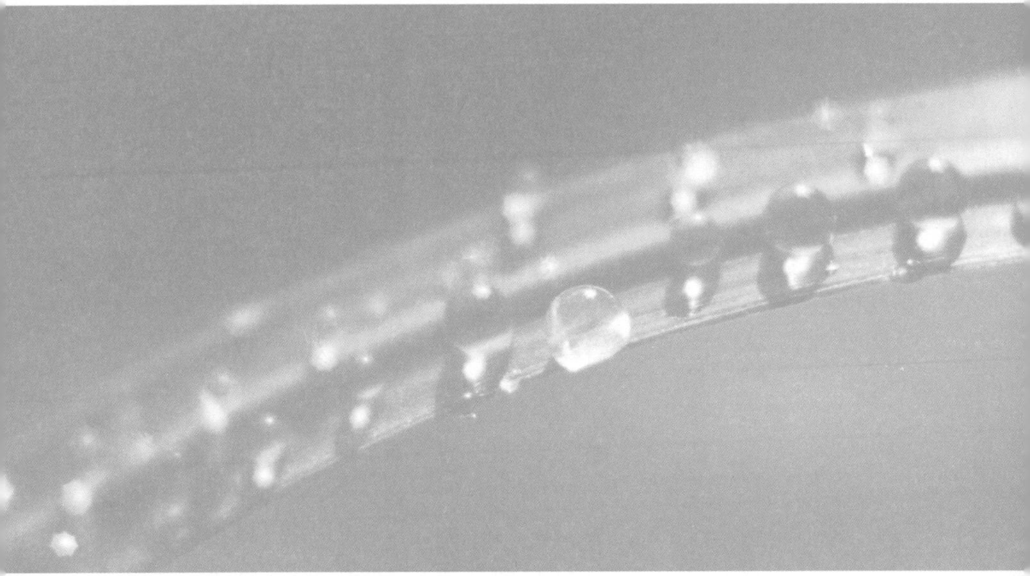

這是一種景致，風吹拂車前草的葉子，葉脈上的水滴，因光的照射而閃耀，掉落了。寧靜無瑕的瞬間，讓人感到再無他求。這是什麼樣的生命觀呢？相對於汲汲於得到什麼：金錢、名聲、權力的人而言，這是何等超脫！

在朴在森另一首有關自然的詩裡，他以花木在自己的心裡描述自然，把落花的枝梗靠在臉頰，他流露了「爲了貞，爲了貞／我屈從於／愛／我屈從於陽光／我笑／我哭」。

我試著想像朴在森的臉，

但記不得他的樣子。只在他的詩裡，彷彿看到一個放空自己詩人：他站在自然之中，他也從自然的景致中尋得意義的亮光。

人因貪婪而污染自己的心，看人間世態，率多由於不滿足而無法安置自己的人。特別是物質主義的沉重包袱，以及許許多多被貪婪心奴役的人們。〈無有〉之有，或〈無有〉之無，懂得珍惜這樣境界的人，才眞正能夠開啓善美與眞實之門。

春天會在我的胸脯築巢

冬樹

金后蘭（一九三四——）

樹安安靜靜，
眼睛蛤蚌閉著，
陷入深思中。

就像倒敘的光
我折疊進一株樹，
在回應中搖動著寂靜。

風吹起。
冷寂的月像鋪著青苔般寂靜

越過一個清醒的夜晚。

沒有人預期到春天到來的當兒
樹告訴我那就像是
在容忍中的等待。
春天在我的胸脯築巢。

（李敏勇譯）

◆

在亞熱帶的台灣，冬天也不意味著寒冷。偶爾在高山也下雪，但不必然這樣。感受冬天，感受眞正的冬天，仍然要在寒帶，在緯度高的地方。同樣在北半球，日本和韓國都比台灣更能感受冬天的況味。

寒冬，雪花紛雪，樹葉掉落到只剩枝幹。而且在雪的景致裡，彷彿褪盡所有的形容詞一般，既純粹又單調。那種場景是死寂，也是單純。

人生如有四季：青春、朱夏、白秋、玄冬。不同的季節風景映照人生的不同階段，但季節也反射情緒的境遇。春夏是喜悅、歡笑；秋冬則是感傷、寂寥。

金后蘭的視野裡，冬天的樹，顯示某種情境。被擬人化的樹，在冬天，安安靜靜的，彷彿陷入深思之中。安靜，因爲缺乏鳥的鳴叫；安靜，也因爲沒有葉子迎風招展而發出被吹拂的聲音。

把自己折疊進一株樹，像倒敘的光——這是因爲記憶和回想而出現的情緒。因爲情緒而帶動樹的搖晃，寂靜也因被搖晃而動了。安安靜靜的樹，在冬天，因爲人，因爲一位女性詩人的思緒，而感覺到某種生命的律動。女人和樹，合而爲一，這已是一棵女人樹了。

有風的冬夜，只是冷寂的。從地球看那輪冷寂的月，像是鋪著青苔，寂靜而且幽深。月光是微微的，照著冷寂的人間風景。

在冬天，會期待春天。雪萊的詩說：「如果冬天來了/春天還會遠嗎？」但一般人在冬天感受著冬天的氣氛時，想到的只是冬天，冷然枯寂的冬天。然而，這位女詩人察覺到樹的話語，樹訴說的是在容忍中的等待。等待的是春天。

冬天過了就是春天。那時候，萬物欣欣向榮，樹會因爲鳥的鳴叫而從安靜中醒來，像蛤蚌般閉著的眼睛會睜開，不是深思而是觀看一切。

春天，鳥會在樹上鳴叫；春天，奔放的感情會在女人的胸脯築巢。

下雪的冬夜，在港口

叫喊的港口

黃東奎（一九三八—）

我步行抵達港口。
來自寒冷國度的風
冷冽地吹襲，
搖晃著面海的房屋；
漫漫的落雪像在蓄積；
燈火的亮光愈來愈黯淡。

我捏皺在我口袋裡
鈔票上的平整圖像，
並且捻息抽掉一半的香菸

好像捻息一個陰影。
我以從容的心
走下小船。
暗黑的船體從艘艘船首
繫著纜繩
並注視港口。
海鷗在黑暗的天空
尾隨著片片雪花
飛翔。
（李敏勇譯）

◆

港口，在台灣、日本和韓國這三個島和半島國家，經常是歌謠和詩的場景，而且引喻著海和陸地的出入點，而帶有離別、漂流的況味；甚至延伸到碼頭的勞動狀況、機械、船隻；更有軍艦喻示的戰爭……

在台灣，歌謠裡的「港都夜雨」，那哀愁感來自有港口的都市，來自都市的港

口。高雄港和基隆港，就是那樣的場所，哀愁與夜雨的關連使歌謠裡的氛圍更爲動人。落雨的暗暝，猛然在行走的街路聽到「港都夜雨」，會被牽動著心。

韓國詩人黃東奎，在港口的哀愁感以叫喊呈顯。他從步行到港口，在港口停留。走下小船的一段歷程，呈顯一個哀愁的身影和心情。在冬天、寒冷國度的風從更遙遠的北方吹來，是那麼冷冽，是那樣刺骨。

回望著面海的房屋，似乎因風的吹襲而搖晃著。雪落著、雪蓄積著。那樣的雪，既是季節的壓制性意象，也在其他韓國詩人的作品中成爲政治壓迫意象。金洙暎（一九二一—一九六八）就在他的詩〈雪〉裡，這樣比喻著。那不只是哀愁，而是痛苦。

我——這個男人，既捏縐口袋裡鈔票上的平整圖案——那常常是國家元首的肖像，或國家關連圖像。愈不民主的國家，那些圖像愈令人難以接受。捏皺代表某種反抗，某種不屑……

而捻息了抽掉一半的香菸，再現出抽菸的情景。焦慮或某種寂寞連帶的身影，那身影被和陰影相提。若從電影畫面來看，寂寞的男人身影在夜暗的港口，似乎隱隱約約聽得見船隻鳴笛的聲音。但這也許是一個小小的港口，是漁村的港口，因爲

詩中的男人走下港口的小船。

小船繫在港口，每一艘船都從船首繫著纜繩。這是一種束縛，是與漂泊相對的束縛。船隻注視著港口，場景裡的人也注視港口。看到的是海鷗在黑暗的天空飛翔，片片雪花在飄落，看起來像是海鷗尾隨著雪花。這是韓國詩人黃東奎的心情記事，也是許多人的心情記事。

死寂的風景

沒有人

金芝河（一九四一——）

從這兒到那兒
整條路
全然沒有人。

在上面一條黑色
溪流，一塊石頭上

橋那兒月光崩塌，
在這奇怪的美麗屋宇，
呼吸著鬱悶氣息，

全然沒有人。

黑暗，
在我的一個被滾動銅版
壓碎的纏繞手腳的
舊夢中央
在月亮中轉動
是黑暗的，
而在路上奔跑著
從我離開
染著鬱藍的頭腦
瀕臨死亡，
全然沒有人。

（李敏勇譯）

在台灣的鄉土文學論戰前後，韓國詩人金芝河的名字常常被提起，用來對照台灣現代詩流於極端個人化、私密性。相對於韓國的學生運動、社會運動激烈化，陷於戒嚴體制下的台灣，文學界的社會介入相對死寂的年代裡，金芝河的名字彷彿警鐘，也彷彿良心的印記。

但在韓國的詩壇，金芝河並不特別受到矚目。這反映了純粹和介入、藝術和社會的關連性，也反映了更細密的藝術評價問題。曾經詢問過韓國的詩人朋友，對於金芝河這位韓國詩人：他的詩是一回事，他的社會介入則是另一回事。

一九八〇年代，我在執編笠詩刊的時候，曾刊載了陳明台譯介的一輯金芝河作品。除此之外，在台灣可能是外電在報導韓國學運、社會引介的金芝河了。但無論如何，我在自己的一九八〇年代經歷裡，曾經注意了金芝河這位韓國詩人。

金芝河是一位關切社會、介入社會的詩人。在戰後韓國，特別是在資本主義體系發展中，一方面是政治的民主化問題，另一方面則是經濟的福祉化——特別是發展不均，社會顯現了許多黯淡狀況，在底層社會裡的貧困現象，人們生活的尊嚴無

法公平獲得的問題。

金芝河特別關切這種問題，並且以詩揭露這種所謂社會的黑暗面。他受到國際矚目即是因爲他的批評和社會介入被政治權力彈壓。在反抗中，金芝河成爲某種良心的印記。也因爲這樣，他的詩發出一種特別聲音，連帶著社會不公的苦難者。

美麗屋宇呼吸著鬱悶氣息，在沒有人的路上，有黑色溪流，日光崩塌在橋那兒，所有這些意象環繞的是黑暗的死寂風景。詩人的舊夢是在一個被滾動銅版壓碎的纏繞手腳所顯現的構圖裡，即使在月亮中轉動，也是黑暗的。

和台灣一樣在戰後經歷政治民主化變革以及經濟發展的韓國，也有這黯淡的一面。就因爲這樣，詩人的視野和頭腦裡無法擦拭掉死寂的風景。

奔向愛才有完全的自由

變動

吳世榮（一九四二—）

時間
就像世界上的其他事物，
可以是固體的，液體的和氣體狀態。
在記憶中——過去，
時間是雪；
意識的溪流——現在，
時間是水；
夢的幻想——未來，
時間是霧。

也許語言也是一樣的？
意識型態，愛和信仰
也許是心的
固體、液體和氣體狀態。
我恨冰凍的意識形態
注視奔流的水
如果它朝向愛奔流
也許最後它會到達
完全的自由。

（李敏勇譯）

◆

記憶中，吳世榮的一首詩〈停電〉在一九八八年出版的《亞洲現代詩集》第四集〈日本・花神社〉，描述「電燈熄了，還有未寫完的字句。依靠星光，也許可以寫下『再見』這已沒有意味的話語，但鉛筆折斷了」。

不是停電的問題，而是鉛筆折斷。而且未寫完的是「再見」。這樣的發想讓人感覺新鮮，饒有意味——這是十多年前的事了，記憶裡詩人吳世榮的臉龐似乎仍然明晰。他也是一位大學的文學教授，出版過《反亂之光》等多冊詩集。

在介紹吳世榮的文字中，有「他以平衡和優越的透視法掌握、處理他的主題」這樣的行句，看他這首詩，以時間的固體、液體和氣體狀態形容過去、現在和未來；並以雪、水和霧去比喻記憶，意識的溪流和夢的幻想，實在充滿巧思和慧眼。

從時間跳到語言。他說意識形態、愛和信仰也許是心的固體、液體和氣體。從時間到語言，詩人探觸的已經不只是外在的課題而是內在的課題，不僅僅是事態或物態，而是心態。

恨冰凍的意識形態。詩人以冰化為水的過程，描述朝向愛奔流的水會達到完全的自由來喻示從意識形態解放出來的情境。這樣的想法放在戰後韓國，特別是獨立、光復以後，因為自由資本主義與社會主義的對立衝突，而在內戰中分裂了的國家狀態去觀照，更能體會。

二戰結束時，詩人只是三歲幼童。戰後的獨立、光復以及內戰、分裂歷史，對於幼童之眼，畢竟只是模糊的感知。但是詩人的人生成長，卻在這種感知中，不能

不加深時代和社會體驗。

如果過去、現在和未來的時間，是人生必然兼具的變化，爲什麼心相對於意識形態、愛和信仰，要一成不變呢？爲什麼要固定在意識形態的冰凍狀態呢？那是冰塊狀態。愛是液體狀態，信仰是氣體狀態，自由的心應該兼具不同的變化，朝向愛，才會達到完全的自由。這樣的平衡和優越的透視法呈顯來的詩之情境，讓人印象深刻。

生與死

疑惑

朴堤千（一九四五—）

最好是不要出生；死亡是受苦
不要離開人生；再出生是再受苦
這是耶穌基督說的
生與死同樣是受苦
我們的年老賢者說得更可信
那是徒勞的說生來自於死亡
誰能離開他隱藏於後的存在
而又有什麼其他的人會復得？
那是多麼荒謬的
僅僅青草注目了這或那

（李敏勇譯）

初讀朴堤千的詩是一九九〇年，他的一首詩〈明月〉被譯介在《亞洲現代詩集》⑤，那是以台灣、日本、韓國爲主的亞洲詩人交流活動，以兩年爲期，配合「亞洲詩人會議」在各相關國舉行而出版的漢、日、韓、英對譯詩集。

〈明月〉是一首散文詩，寫「我與樹分開的葉子一起在飄散中的路程，掉入水坑的一片葉子載運著月亮，以致我只能搖晃水坑，並因而想到什麼是人生，喟嘆不知彼此的路徑」。

因爲參加了在首爾舉行的詩人會議，所以見過朴堤千，在首爾仍以漢城之名爲大韓民國首都的時候。記得，他在韓國文化藝術振興院任職，那是一個推動文化藝術的機構，對於韓國文化藝術的國際交流極有作爲。

朴堤千的詩，從他出版的詩集《莊子詩》《心法》《律》，可以感知到某種思考性。對於人生的意義常常見諸於他的思考，融在他的詩裡。印象深刻的是他有一首〈青銅律〉，短短的五行，開始是「一道火焰從睡夢的深處/跳躍過柵欄到另一個世

界／留下的是它的灰燼」，然後以「我全然孤獨地度過數日／迷惑在注視的興味之中」。這樣看人生，這樣思考人生，而且極爲冷靜，幾乎像「君看雙眼色／不語似無愁」的況味。

在〈疑惑〉這首詩：生與死、死與生被連帶著。不要出生，因爲會出生也會死亡，而死亡是受苦；不要離開人生，因爲死亡之後是再出生，而再出生是再受苦。生與死同樣是受苦，詩人說這是耶穌基督的話語，但他又引用年老賢者的話語，說「生來自於死亡」是徒勞的。

質疑人不能離開隱藏於後的存在，而且更質疑有什麼其他人會復得？這種人因爲有思考而存在，也因爲有思考而困惑的情境，在詩人的感覺中是荒謬的。相對於困惑在其中的人們，僅僅青草注目感知了這或那的一切。

這樣的思考生與死，或說思考死與生，並以青草的注目感知來終結思考的困惑，朴堤千有著他的觀照視野。青草是埋葬屍體的墳上之草，似乎成了人生終結時的一種印記，印證著充滿疑惑的人生。

草絕不會因爲它是草而感到難過

為窮人

許炯萬（一九四五—）

刀刃下脆弱
但根是堅韌的
草在風中搖晃；
它緊緊盤據它自己的大地。
釘在自己的立足點
草在心中嗚咽。
今夜就一如從前

它點亮一盞油燈並照顧它。
風將會被歡迎，

因為那會讓它強壯。
所有的窮人，
不要讓你的貧困
帶給你卑微和低下，
草絕不會因為它是草
而感到難過。
（李敏勇譯）

◆

詩人許炯萬是一九九〇年代初，在韓國首都首爾，參加世界詩人會議時認識的。他是一位大學教授，看起來相當硬朗而熱情。記得，有一次的聚會，一些台灣詩人和韓國詩人一起的晚餐會，喝著韓國燒酒，天南地北交談著。

記憶裡似乎仍然留存著許炯萬談及「光州事件」，那是韓國軍事獨裁期的異議鎮壓，死傷了很多光州的青年學生。當時流亡海外的金大中就是這一地區的人，在反抗軍事獨裁的民主運動，可以說是一個典型性的存在。後來，金大中返國，並在

多次競選後，出任過韓國的總統。

許炯萬的〈爲窮人〉這首詩，有一種底層勞動的喊聲。窮人是弱勢者，在豪奪、霸占的社會，窮人艱辛地生活，常常難以翻身。特別是資本主義化的社會，窮人很難有剩餘價值的積累，日復一日的工作也常常難以溫飽。而藏污納垢的物質化腐敗更壓制在窮人的上方。

許炯萬的視野與其說是政治的，不如說是社會的。他這首詩關注窮人，他以草喻示窮人。詩的題意直接「爲窮人」或「給予窮人」，有一種慰撫、鼓勵的意思。這在許多國家，特別是未開發國家，或開發中國家，讀來特別會感動人。

草，常常被用來比喻爲底層者、弱勢者。一方面也是因爲它的庶民性和堅毅性。雖然是底層，雖然是弱勢。但草盤據在大地，生命力卻是旺盛的。東方或西方，都不乏以草象徵被踐踏而不死滅底層人民的詩。二戰後，擔任東德文化部長的詩人貝希爾（**J.R Becher 1891-1958**）的詩〈草〉，就是一個例子；而中國的作家魯迅，更以〈野草〉留下他的見證。

在刀刃下脆弱，但根是堅韌的，窮人在夜暗中靠在一盞油燈。風既是壓力，也是考驗。詩人向窮人喊話，「不要讓你的貧困/帶給你卑微和低下」，結尾鏗鏘有

力，「草絕不會因爲它是草／而感到難過」。
像草一樣，堅韌地盤據大地，並且在風吹雨打中，茁壯吧！

連帶著海與土地的女人

婦人

姜恩喬（一九四五—）

她每天早晨出現，
海在她頭上。

新鮮牡蠣要賣喔，新鮮牡蠣！
她叫嚷著像陽光一樣，

皺紋形成波浪
雖然那兒沒有風的吹拂，
雙手佈滿雷電暴雨的烏雲。

什麼時候會下雨，
什麼時候會下雨？

她堅實的屁股
擺動著浪波。

比黑暗更快速，
比一隻鳥更輕盈。

太可愛了，太可愛了，
她在太陽旁邊邁大步。

（李敏勇譯）

姜恩喬是一位受矚目的當代韓國女詩人，攻讀英美文學的她，獲延世大學博士學位，在東亞大學教授韓國文學。在美國哥倫比亞大學出版的《現代韓國詩選》裡，她被介紹說「她的詩具有獨特女性視野，並有特殊的力量，探照著生命與死亡的意義，並關連社會或公共事務。」

戰後世代的姜恩喬，顯然不同於盧天命（一九一二—一九五七）。讀盧天命的〈鹿〉，那種哀愁感，讀盧天命的〈路〉那種靜謐的心，想像一位韓國女詩人，在四十五之齡自殺而死的心境。在姜恩喬的詩裡有一種戰後世代不一樣的形貌。

〈婦人〉這首詩，描述一位賣牡蠣的「青蚵仔嫂」。看詩中的她，海在她頭上，叫嚷的聲音像陽光一樣明亮。歷經風霜，臉上的皺紋形成波浪，兩手也許青筋暴露而且曬得黝黑，但是堅韌的生命力那麼鮮明呈現。

在生活中勞動、在勞動中生活。這樣的婦人不是書房裡蒼白的女性，也不是都會中花枝招展的女性。典型的連帶於土地、勤奮謀生的女性，展現的是達觀、進取的人生。

堅實的屁股，擺動著浪波，叫賣牡蠣。牡蠣就放在頭頂，用兩手扶著。這樣的場景顯示的不是陰暗而是明亮。生活在許多勞動女性的形影中，是那麼單純、美麗。在女詩人眼中這樣的女性形影，是韓國式的，也不只是韓國式的。

不只新東亞的女性，亞洲的女性、世界的女性，都會呈現這樣的形影。在情念之外的勞動形影，有一種女性堅毅的生命力，似乎呼喊著「到戶外去！」的聲音，也吸引著男性的視野。

一九二〇年代出生的洪允淑，在〈春熱〉裡，詮釋著自由自在的女人；一九三〇年代出生的金后蘭，〈冬樹〉在容忍中等待春天在胸脯築巢；一九四〇年代生的姜恩喬，從〈婦人〉中，找到讚美的女性形影。韓國的女性詩呈顯多元的風景，就像日本的女性詩，也像台灣的女性詩，交織在新東亞不分性別、世代的詩人探觸的意義之光裡。

國家圖書館出版品預行編目資料

經由一顆溫柔心：臺灣、日本、韓國詩散步 / 李敏勇著. -- 初版. -- 臺北市：圓神, 2007．10
256面；15×21公分. --（圓神文叢；56）

ISBN 978-986-133-211-6（平裝）

813.1　　96016416

The Eurasian Publishing Group
圓神出版事業機構
用心與你對話・視野無限寬廣
圓神出版社
Eurasian Press

http://www.booklife.com.tw　inquiries@mail.eurasian.com.tw

圓神文叢 056

經由一顆溫柔心——台灣、日本、韓國詩散步

作　　者／李敏勇
發 行 人／簡志忠
出 版 者／圓神出版社有限公司
地　　址／台北市南京東路四段 50 號 6 樓之1
電　　話／（02）2579-6600．2579-8800．2570-3939
傳　　真／（02）2579-0338．2577-3220．2570-3636
郵撥帳號／18598712　圓神出版社有限公司
總 編 輯／陳秋月
主　　編／沈蕙婷
責任編輯／尉遲佩文
美術編輯／蔡惠如
行銷企畫／吳幸芳．范綱鈞
校　　對／李敏勇．連秋香．尉遲佩文
印務統籌／林永潔
監　　印／高榮祥
排　　版／莊寶鈴
總 經 銷／叩應有限公司
法律顧問／圓神出版事業機構法律顧問　蕭雄淋律師
印　　刷／祥峯印刷廠

2007年 10 月　初版

定價 260 元　　ISBN 978-986-133-211-6　

輯三　半島的叫喊——韓國詩散步

輯二　面對熾熱之光——日本詩散步

目錄

CONTENTS

著這些台灣、日本、韓國詩人的心。這六十首詩，六十篇隨筆，都發表在《新台灣周刊》〈新東亞的心——台灣、日本、韓國詩散步〉專欄。

台灣、日本、韓國，二戰前是殖民與被殖民的關係。二戰後三個國家的政治、文化與社會發展，關係也至爲密切。在亞洲的太平洋岸，三個國家更具有新東亞的特殊地緣性。三個國家人民之間，經旅行互訪的緊密接觸，形成文化風景。

如果說，詩是一個民族心靈深處的東西，是一個國家的靈魂。那麼，在台灣探觸日本和韓國的詩，並且放在探觸自己國度台灣的脈絡裡，經由諦聽各個國家的詩——作品的聲音，一定會是一種感動的心靈之旅。

沉默的星星也自由地閃爍光芒；面對熾熱的光，你從夢的關節移動；面對半島的叫喊，從死亡和謊言奔跑。六十首詩，六十篇隨筆，帶你穿越亞洲歷史的光與影，在台灣、日本與韓國詩人作品裡呈顯特別的心靈景致、特別的文化風景，豐富你的視野。

的亞洲，才能眞正邁向一個和平與福祉的世界。詩人就是爲了探索這些語言而存在的；詩就是使這些語言光亮著才有眞正的價值。」

也大約在那時際，我編選的一套三冊台灣、日本、韓國三國詩人作品，二百四十首，以《旅途》《情念》《憧憬》，在圓神以「詩教養文庫」出版。在三本書的封面，標示著「撫慰心靈的詩」，彷彿就和我的人生一起穿越二十世紀末期，進入二十一世紀。

出生於一九四七年，戰後世代的我，對於台灣、日本、韓國之間的特殊歷史關連，隨著我的詩經歷明晰地存在著。其中，跨越語言一代的台灣前輩詩人們的影響，是一個原因，經由他們的譯介，從閱讀日本和韓國詩人的作品，到我自己經由英文的輔助親身譯讀這兩國詩人的作品，形成了我以台灣、日本、韓國構成的新東亞詩風景。

《經由一顆溫柔心》是以二十位台灣詩人、二十位日本詩人和二十位韓國詩人的作品，加上我對每一位詩人作品的解說隨筆，編集而成的一本書。輯一的〈沉默的星星〉，從台灣詩人詹冰到利玉芳；輯二的〈面對熾熱之光〉，從嵯峨信之到宗秋月；輯三的〈半島的叫喊〉，從柳致環到姜恩喬。閱讀這些詩人的作品，就像探觸

自序

詩的散步，心的旅行

——新東亞的詩，新東亞的心

大約二十年前，在「第三屆亞洲詩人會議」（一九八八，台中），我以「穿越亞洲歷史的光與影」爲題，引進台灣、日本、韓國共九位詩人的作品，探討了三個關連國家經由詩貫穿二戰，延伸到戰後的心靈動向。

記得，在相關的題旨中，我特別提到：「做爲一個台灣詩人，從亞洲的戰後詩經驗，特別是台灣、日本、韓國的詩經驗，常常使我得到教訓和啓諭，得到慰撫和勉勵。從詩人的志業裡所追求的超越國境和洲界的人類愛，才是眞正能貢獻亞洲發展的精神指標。」

在結語中，我強調：「穿越亞洲歷史的光與影，才能眞正邁向一個和平與福祉

經由一顆溫柔心

台灣、日本、韓國詩散步

李敏勇　著